中国艶書大全

土屋 英明著

研文出版

はじめに

中国には艶本・艶歌がたくさんある。古代から現代まで、主な作品を五十編ほど選び、年代順に紹介してみた。

大昔、春秋時代にまとめられた、情緒あふれた『詩経』から始まり、『濃情快史』、『肉蒲団』、『性史』など、どれも赤裸裸で、あっと驚くようなものばかりだ。

原文と訳を入れてあるから、中国語を学んでいる人には参考にもなり、面白い教科書だともいえるだろう。

中国艶書大全

もくじ

中国艶書大全

I　古代から唐・五代・宋・元の時代

『詩　経』

鄭風「褰裳」（裳《もすそ》からげて）の一節。

子恵思我　褰裳渉溱　　わたしを好きなら
　　　　　　　　　　　裳をからげて溱《しん》を渡ってきたらどう
子不我思　豈無他人　　嫌いなら　ほかにも男はいるわ
狂童之狂也且　　　　　こいつ　バカモノ！

溱の川辺に女は立ち、冷たくなった男に呼び掛ける。最後の句は、狂童之狂也、且なのだ。且は助詞ではない。男根を表す象形文字である。今も中国の女は男を罵るとき、鳥《テイヤオ》・鶏巴《チイバ》（珍宝）とか卵子児《ルアンツ》（金玉）という。これと同じ用法だ。

同じ鄭風の「山有扶蘇」（山にはこんもり繁った樹）の一節。

山有扶蘇　隰有荷華　　山にはこんもり繁った樹

不見子都　乃見狂且

沢には大きな葉の荷華《はす》がある
立派なあの人と会わず
バカチンのこの男と会う

狂且の且も前と同じで、傻鳥《サティアオ》（バカチン）という意味だ。またこの「山有扶蘇」と同じ野合の歌謡は、他にもいくつかある。

召南の「野有死麕」（野の死んだ小鹿）。

野有死麕　白茅包之
有女懐春　吉士誘之

野で小鹿を打ち殺し
白い茅草で包む
見惚《みと》れている女がいる
男っぽい猟師は女を誘う

林有樸樕　野有死鹿
白茅純束　有女如玉
舒而脱脱兮　無感我帨兮
無使尨也吠

森には薪の木
野には死んだ小鹿
白い茅の小鹿と束ねた薪
女は玉のよう
足音を立てないでね

前掛に触っちゃいや
尨《むく》犬を吠えさせちゃだめよ

若い猟師は女に小鹿と薪を贈り、森の奥へ誘い込む。

媾合《まぐわい》を唄った歌謡もある。

召南「草虫」（草の虫）の一節。

喓喓草虫　趯趯阜螽　　キリギリスが鳴き　イナゴが跳ねる
未見君子　憂心忡忡　　あの男《ひと》はまだ現われない
　　　　　　　　　　　募る思いで胸は一杯
亦既見止　亦既覯止　　会えただけでなく　いいこともしたわ
我心則降　　　　　　　もやもやは消えてすっきり

後漢、鄭玄は、『毛詩箋』で、覯は男女交媾の媾だといっている。

更にまた、鄭風の「出其東門」と「溱洧」、陳風の「東門之枌」は、野合のきっかけになる祭りでの出会いを、そして、鄭風の「野有蔓草」と「女曰鶏鳴」、陳風の「東門之楊」は、野合を唄っている。それから、斉風「鶏鳴」は、夫婦の早朝の媾合を唄った歌謡だ。

この他、国風の項には、許されない仲、追慕の情、忍び逢い、騙されて身を奪われた女の悲哀、また新婚初夜の喜びなど、当時の男女の愛と性、その葛藤を唄った歌謡が集められている。時を越えて、性にまつわるさまざまな情感が伝わってくる。

詩経は中国最古の詩歌集。周初期から春秋中期まで、約五百余年に亘る歌謡を、孔子が編纂して教育の書にしたと伝えられている。儒家の経典の一つである。

集めた歌謡は、風、雅、頌に分類され、全部で三百五篇――風には、一五ヶ国の民謡と恋歌が百六十篇、雅には、周の王朝や都の歌が百五篇、そして頌には、祭礼の楽歌や神楽《かぐら》など四十篇が収められている。

孔子は、『論語』為政篇で、『詩経』を評して「詩三百、一言以蔽之、曰思無邪」といっている。思無邪は、心をありのままに現わすということだ。もともと各地のおおらかな民謡だったのだから、当然のことだろう。男女の心を飾り気なく、赤裸々に唄った歌が、まだ沢山あったのに相違ない。孔子が没にしてしまった歌が、惜しまれる。

しかし、民謡に道徳的な意味あいをもたせ、いくら教条化しようとしても、本来の「思無邪」は覆い隠せない。数千年来、高尚で神聖な儒家の経典の中に、性器のような言葉が出てくるはずがないと信じられてきた。性に係わる描写は、穢筆になるからだ。ところが、最近台湾の学者、李敖氏は、文字の裏に隠れていた本来の意味を見付け出した。

文字本来の意味を枉《ま》げ、儒教道徳の規範、経典として崇め奉られてきた『詩経』は、孔子の言葉どおり「思無邪」なのだ。原点に戻って考え、歪みを正すことを忘れてはならない。

南朝楽府

最初は〈呉歌〉。
四二首集録されている子夜歌の中から、二首。

夜長不得眠　ひとり寝の夜は長くて眠れない
明月何灼灼　お月さまはどうしてあんなに輝いているのかしら
想聞歓喚声　あの人が呼んだような気がして
虚応空中諾　「はい」と返事をしたが、しんとしている

□

宿昔不梳頭　そのまま梳《と》かさず
糸髪披両肩　乱れた髪は肩にかかる
婉伸郎膝上　しなやかに体を伸してあなたの膝の上
何処不可憐　「ねえ、かわいいでしょう」

□

「子夜四時歌」秋歌一八首の内の一首。

涼秋開窓寝　九月窓を開けて寝る
斜月垂光照　月の光が斜にさしこんでいる
中宵無人語　夜は更け人の声もしなくなった
羅幌有双笑　羅の幌《とばり》に男女《ふたり》の笑い声

□

「読曲歌」八九首の内の二首。

種蓮長江辺　蓮を長江の辺にまくと
藕生黄檗浦　藕《ね》は黄檗の水辺に生える
必得蓮子時　蓮の実は流れ流れて
流離経辛苦　辛苦を経《へ》ないと採れないものだ

（藕《オウ》）は配偶者の偶《オウ》、（蓮子《リエンツ》）は憐子《リエンツ》、恋人の相関語。また（黄檗《おうばく》）は苦味のある植物で、苦を暗示する。

□

打殺長鳴鶏　長鳴鶏《いちばんどり》を叩き殺し
弾去烏臼鳥　烏臼鳥《くろもず》を追いはらい
願得連冥不復曙　このままずっと夜が明けず
一年都一暁　朝になるのは一年に一回でいい

次に〈西曲歌〉に移る。

平西楽

我情与歓情　わたしの情《こころ》とあなたの情は
二情感蒼天　青い空でひとつになる
形雖胡越隔　体は北と南に遠く離れていても
神交中夜間　神《たましい》は夜中に結ばれる

□

「採桑度」七首の内の一首。

春月採桑時　春は桑の葉を採る季節
林下与歓倶　桑の木の下であなたと二人
養蚕不満箔　蚕が箔《かご》いっぱいに育たなかったら
那得羅繡襦　羅に刺繡した襦《うわぎ》ができないわ

（箔）は蚕を育てる竹の篭。

□

「襄陽楽」九首の内の一首。

女夢自微薄　女夢《ねなしかずら》はかよわいから

寄托長松表　松に身を寄せて大きくなる
何惜負霜死　霜にやられて死んでもかまわない
貴得相纏繞　あなたにからまっていたらいいのだ
　〔襄陽〕古都名。湖北省襄陽県。〔女蘿〕柔らかくて弱い蔓草。薬草。

南朝政府の音楽を掌る役所、楽府《がふ》が集めた民歌。東晋から南朝の宋、斉、梁、陳の時代に、長江の中、下流地域で生まれた民間歌謡だ。礼教にとらわれず、心情を赤裸々に歌っている。大半が恋と性をテーマにした情歌である。

南朝楽府は、四百余り残っているが、二つに大別される。

一、南朝の首都、建康（南京）を中心にした呉の地で、晋から宋の時代に流行した呉声歌曲。子夜《しや》という晋代の女性が作った節回しの子夜歌を代表とし、通称、呉歌と呼ばれる。

二、長江の中流、および漢水両岸の商業都市、荆《けい》（湖北省江陵県）、郢《えい》（武漢）、樊《はん》（襄樊）、鄭《てい》（河南省鄭県）などの地方で歌われた西曲歌といわれる俗謡。宋、斉の時代に流行した情歌だが、祭神の楽曲も一部含まれている。

南朝楽府は、五言四句の短詩の形をとっている。後の五言絶句とは、平仄が異なるので区別される。相関語（かけ言葉）を巧みに使い、心情を暗にほのめかす技法に特徴がみられる。また楽府では、曲に合わせて歌詞をつけたので、長短句の混った雑言《ざつげん》体になった歌もある。

宋、郭茂倩《かくもせん》が、上古から唐、五代までの楽府を編纂した『楽府詩集』百巻に収められている南朝楽府を、いくつか紹介してみた。尚、集められた楽府は一二に分類されていて、南朝楽府は「清商曲辞」の項に入っている。

『遊仙窟』

『遊仙窟』は、六朝から初唐にかけてはやった四六駢儷体で書かれている。関内道の小さな県の尉、張生が、使命をおびて河源道へ赴く旅の途中、積石山の奥で神仙の住まいを訪ねる。崔十娘とその兄嫁、五嫂に歓待され、十娘と一夜をともにするという短い話だ。

さわりの部分を紹介してみよう。

于時夜久更深、情急意密。魚灯四面照、蠟燭両辺明。十娘即喚桂心、并呼芍薬、与少府脱韡履、畳袍衣、閣幞頭、掛腰帯。然後自与十娘施綾被、解羅裙、脱紅衫、去緑袜。花容満眼、香風裂鼻。心去無人制、情来不自禁。挿手紅褌、交脚翠被、両唇対口、一臂支頭、拍搦奶房間、摩挲髀子上。一嚙一快意、一勒一傷心、鼻裏痠痺、心中結繚。少時、眼花耳熱、脈脹筋舒、始知難逢難見、可貴可重、俄頃中間、数廻相接。

誰知可憎病鵲、夜半驚人、薄媚狂鶏、三更唱暁。遂則披衣対坐、泣涙相看。

夜はだんだん更けてきた。気持が高まり、抱きたくてたまらない。魚油の明かりは周囲を照らし、両側に蠟燭がつけてある。十娘は女中の桂心を呼んだ。また芍薬も呼んで、私が靴を脱ぐのを手伝わせた。袍衣《きもの》を畳み、幞頭《ずきん》を棚に乗せ、帯を掛けてくれた。今度は私が十娘に綾の被《ふとん》をかけ、羅の裙《スカート》のひもを解き、紅い衫《うわぎ》を脱がせた。そして緑の袜《はらまき》を取った。まぶしいほどの体だ。いい香りが鼻をついた。頭がぼうっとなり、抑えられなくなった。紅い褌《したぎ》に手を挿し込み、翠《みどり》の被に脚をからませた。口を押しつけ、腕を首に回す。もう一方の手で乳房をいじりながらわって入り、髀子《ほと》にこすりつけた。ぐっとくいしめられ、なんともいえない心地がしたので、押しつけて奥まで入れた。先がむずむずしてきた。まとわりついてくる。あっという間に鈴口がしびれ、雁首が熱くなり、筋張ったとたんにいっていた。こんなすばらしいお宝にめぐり逢ったのは初めてだったから、時間をおしんで夜の明けないうちに二、三回しようと思った。

ところが夜中に憎い鳥の鳴き声でおどかされ、今度はまだ夜が明けていないのに、情しらずの狂った鶏がときを告げた。仕方なく着物をはおって座り、向き合って涙を流していた。

唐代初期の伝奇小説。

深州（河北省）陸沢の人、張鷟《ちょうさく》の著。字は文成、号は浮休子。高宗、上元二年（六一五）、科挙に及第、進士になる。寧州、襄楽県の尉、監察御史。左遷されて処州の司倉。その後、岐王府参軍などの役につく。

玄宗、開元二年（七一四）、時の行政を謗《そし》ったかどで、監察御史の李全交《りぜんこう》に弾劾される。処刑されそうになったが、刑部尚書、李日知たちの助言で運よく嶺南の地に流される。その後再び畿内に戻され、最後は司門員外郎で終わった。『桂林風土記』に、七三歳で死亡したと記されている。しかし生卒年は諸説がありはっきりしていない。

『唐書』にこう記録されている——張鷟は文章を書くのが速く、評判が高かった。新羅や日本の使者は、高い金を払って彼の作品を必ず買った。しかし文章は華美で論理性に欠けている。

『遊仙窟』は、日本に伝えられた最初の中国小説で、遣唐使の誰かが持ち帰ったのだろうといわれている。そしてまた日本の文学に大きな影響を与えている。

奈良時代の歌集『万葉集』に、大伴家持が天平年間（七二九―七四九）に坂上大嬢《さかのうえのおおいらつめ》に贈った歌が一五首出ている。その内四首に『遊仙窟』の影響が見られる。「夢の逢《あひ》は苦しかりけり覚《おどろ》きて（目が覚めて）かき探れども手にも触れねば」〈驚覚攪之、忽然空手（主人公の張生が崔十娘の夢を見て、目を覚ますところの描写）〉。

また天平五年（七三三）、山上憶良が死が近づいて書いたのではないかといわれている「沈痾《ちんあ》自哀文」に、「遊仙窟曰九泉下人、一銭不直（『遊仙窟』によると、あの世の人間は一文の値打ちもないということになる）」という引用文がある。

平安時代の『和漢朗詠集』と『新撰朗詠集』、鎌倉時代の軍記物語『源平盛衰記』、室町時代の秘曲狂言『花子《はなご》』。更に時代はくだって江戸後期、曲亭馬琴の『南総里見八犬伝』、そして明治初期、東海散士の『佳人之奇遇』にも『遊仙窟』をまねた文章があるといわれている。

しかし中国では散佚してしまい、日本に『遊仙窟』という佚存書があると分かったのは清代の末期になってからだった。

明治初期、駐日公使の黎庶昌《れいしょしょう》に随って日本へ来た湖北の学者、楊守敬が、『日本訪書志』の中で簡単に紹介した。それが切っ掛けになり、一九二九年、上海北新書局が単行本を出版する。全文を校訂したのは紹興の章廷謙（字《あざな》は予塵、筆名は川島）、銭玄同が題字、魯迅が序文、周作人が解説を書いている。こうして『遊仙窟』は、約一二〇〇年ぶりに里帰りしたのである。

『遊仙窟』は六朝時代の志怪小説の流れをくみ、伝奇小説の体裁をとっているが、唐、長安の平康にあった花街、北里南曲の名妓を題材にした青楼小説だといわれている。

現存する最も古い写本は、南北朝、康永三年（一三四四）の年号が記された法印権大僧都、宗算の筆による巻物（岩波文庫）で、京都・醍醐寺が所蔵している。また九年後、文和二年（一三五三）に、僧賢智が加賀の国、大日寺で書き写した折り本が名古屋・真福寺に残っている。

刊本（木版）は、寛永ごろの無刊記本を慶安五年（一六五二）に再刊したとみられる一冊本と、東海散人が元禄三年春三月に書いた序のついた五巻五冊本がある。主な古鈔本と刊本は以上である。

『天地陰陽交歓大楽賦』

於是青春之夜、紅煒之下、冠纓之際、花鬢将卸、思心浄黙。有殊鸚鵡之言、柔情暗通、是念鳳凰之卦。而乃出朱雀、攬紅褌、擡素足、撫玉臀。女握男茎、女心忒忒、男含女舌、而男意昏昏。

方以津塗抹、上下揩擦。含情仰受、縫微綻而不知。用力前衝、茎突入而如割。観其童開点点、精漏汪汪、六帯用拭、承筐是将。然乃成於夫婦、合乎陰陽。

春の夜、明かりの下で男は冠の紐を解き、女は鬢の花飾りを取る。緊張した雰囲気の中で、二人は幸せを願って鳳凰の呪文を唱える。つぶやき合っている鸚鵡のようだ。心が一つになっている。男は朱雀を出し、女の紅い褌をめくって白い足を持ち上げ、玉のような尻を撫でる。女は陰茎を握る。胸が高鳴っている。男は女の舌を口に含む。興奮し動揺している。陰水を亀頭につけて上下にこする。女は受け入れようとして調子を合わす。少し広がったようだが、どうしたらいいか分からない。思い切ってぐっと突く。陰茎が中に入った。突き破ったようだ。しばらくしてから見ると、処女膜が破れ血があちこちについていた。精液も出てぬるぬるになっている。婚礼の仕来りどおり絹の布で拭き取り、竹の小箱に納める。こうして夫婦になり、陰陽が一つになるのだ。

一九〇〇年、道士、王円籙《おうえんろく》が発見した敦煌石室遺書の一巻。一九〇八年、フランス人の中央アジア調査隊長、ポール・ペリオ（一八七八―一九四五）の手に渡る。現在、パリのフランス国立図書館に保管されている。整理番号はP二五三九。

唐、白行簡（七七六―八二六）が、賦で陰陽交歓の大楽をつづった珍しい文献だ。冒頭、題名の下に「白行簡撰」と記されている。「長恨歌」で有名な詩人、白居易（字は楽天）の弟である。成立年代は不明。

『旧唐書』白行簡伝――有文集二十巻。行簡文筆有兄風、辞賦尤称精密、文士皆師法之。居易友愛過人、兄弟相待如賓客。（文集が二〇巻ある。行簡の文章には兄の風格がある。辞賦はすぐれていると称賛され、文士はみな手本にした。居易は弟をこよなく可愛がり、二人の仲は賓客をもてなすようだった。）

『新唐書』白行簡伝――敏而有辞、後学所慕尚。（頭がよくて文才があった。後輩たちから慕われ、尊敬された。）

白行簡は字は知退という。陝西省渭南の東北、下邽の人。唐、貞元（七八五―八〇五）の末、科挙に及第、進士になる。

剣南、東川府の官職に就くが辞任。兄、白居易に従って江州へ移る。その後も兄と行動をともにし、忠州へ行って朝廷に仕える。校書郎（官中の公文書を校正）そして左拾遺（行政の不充分な点を指摘し、皇帝の過失を諫《いさ》める）の役につく。その後、客員外郎（朝貢品の受理、接待、返礼のとりまとめ）、主客郎中（同上の役。地位が上）などの職を歴任した。

作品は伝奇小説『李娃伝』や『三夢記』など。他に詩と賦も残っている。

『天地陰陽交歓大楽賦』が一般公開されるきっかけとなったのは、端方《たんぽう》（一八六一―一九一一）がパリでペリオに多額の金を支払って撮影したという写真だった。端方は清末、陸軍部尚書、直隷（中央政府）総督を務めた高官である。また金石学にも通じ、珍本の蔵書家でもあった。名声が高く、ヨーロッパ各国の政治状況を視察に赴く。

そのときパリでペリオに会い、写真を撮らせてもらったのだ。一九〇九年、ペリオは王円籙から購入した敦煌遺書の一部を北京で公表し、話題になった。端方とはそのとき出会ったのかも知れない。

一九一三年、古董品収集家の羅振玉《らしんぎょく》（一八六六―一九四〇）が、北京で『敦煌石室遺宝』を出版した。端方の写真を整理し、コロタイプ版にした物で、その中に『天地陰陽交歓大楽賦』も含まれていた。

騎鶴散人という人物が跋文を書いているが、何者か分からない。飯田吉郎氏は編著『白行簡大楽賦』（汲古書院、一九九五年）で、用語から判断して日本人の可能性が高い、またコロタイプ版は、日本（京都）で刊行されたかも知れないと述べている。

一九一四年、葉徳輝（一八六四―一九二七）が「双梅景闇叢書」全六冊を再版したとき、第一冊に『天地陰陽交歓大楽賦』を加えて公開した。原本は何を使用したか明記されていないが、誤字を訂正、注釈が付けられていた。ペリオが手に入れた巻物は唐の時代の写本で、誤字と脱字が多かったのだ。また最後の部分は話が途中までで、紙が破れて失くなってしまっている。

飯島保作（一八六二―一九三一）が、コロタイプ版を筆写し、訓点をつけて正しいと思われる字を横に書き加えた「花月文庫」版（長野県上田市立図書館）がある。花月は飯島氏の号だ。これも貴重な参考文献である。

天地陰陽の理に基づいた性の在り方から始まり、上流家庭の夫婦、妾、皇帝、女中、醜い娼婦、坊主と尼、夜這いなどが描かれている。『素女経』、『洞玄子』も出てくる。唐の時代、房中養生術が知識階級の間で流行していたことが分かる貴重な資料でもある。

現在では葉徳輝の校訂本による研究が主体になっているが、もう一度原本に立ち返って調べてみる必要があると飯田吉郎氏は述べている。誤字、脱字、俗語の解釈は難解なものだ。ペリオ本は、（財）

東洋文庫（東京・文京区）のマイクロ・フィルム（一二五三九号）にも収められている。

『鶯鶯伝』

唐、貞元ころの話だ。

張生は二三歳。旅に出て蒲州郊外の普救寺に宿をとる。泊っていた崔家の未亡人、鄭氏と知り合う。軍の反乱が起る。張生は蒲州反乱軍の将校を知っていた。手を打ち寺は襲われずにすむ。

鄭氏はお礼に張生を蒲州の屋敷に招く。宴席で娘の崔鶯鶯を紹介され、一目で好きになる。女中の紅娘に取り持ってもらい、「春詞」を書いて渡す。「明月三五夜（一五夜の月）」という返歌がくる。

待月西廂下　　西の廂《むね》で月の出を待っていると
迎風戸半開　　風で戸が半ば開いた
払牆花影動　　垣根で花影が揺れたので
疑是玉人来　　あの人が来たのかと思った

二日後、二月一六日の夜、張生は忍び込む。西廂の戸は半ば開いていた。紅娘を起して呼んでもらう。しかし鶯鶯に厳しくたしなめられ、あきらめる。ところが二日後の夜、今度は鶯鶯が紅娘に布団を持たせてやってくる。こうして二人の関係はしばらく続くが、張生は長安へ試験を受けにゆかなければならなくなる。

別れに鶯鶯は、琴で霓裳羽衣の曲を弾く。だが途中で調子を乱し、涙を流して母の部屋へ駆け込んでしまう。

翌年、張生は試験に失敗。そのまま長安にとどまることになる。鶯鶯に出した手紙の返事に、玉の輪が添えられていた。「玉の艶《つや》はいつまでも変わりません。円い輪は絶えぬ思いを表します」。

張生からこのことを話された友人の元稹は、「会真詩（仙女に会う）」を作る。

戯調初微拒　誘いを初めは拒んだけれど
柔情已暗通　いつの間にか情が移ってしまう
低鬟蟬影動　頭を低くしそっと隠れ
回歩玉塵蒙　回って行くと塵がかかる
転面流花雪　花びらがころがるように
登床抱綺叢　寝台に上って綺《あやぎぬ》の体を抱く
鴛鴦交頚舞　鴛鴦《おしどり》は頚をからませて舞い
翡翠合歓籠　翡翠《かわせみ》は籠の中でむつみ合う
眉黛差頻聚　はずかしそうに眉をしかめ

脣朱暖更融　朱《あか》い唇は暖かく溶けるようだ
気清蘭蕊馥　蘭の蕊《しべ》は馥郁と香り
膚潤玉肌豊　白い肌は潤《うるお》いふっくらしている
無力慵移腕　力の抜けた腕を動かし
多嬌愛斂躬　きれいな体をぐっとそらす
汗光珠点点　珠の汗があちこちに光り
髪乱緑松松　髪は乱れて解けている
方喜千年会　やっと会えて夢中になっていると
俄聞五夜窮　突然もう夜が明けると告げる声
留連時有限　時間には限りがあるが
繾綣意難終　いつまでもなごりは尽きない
慢臉含愁態　顔に愁いを浮かべ
芳詞誓素衷　思いをこめて愛を誓い合う
贈環明遇合　環を贈ってまたの逢瀬を約束し
留結表心同　紐を同心に結び合わせる
（三〇韻の内、一二韻）

一年余りして張生も鶯鶯も他の人と結婚する。その後、蒲州を訪れた張生は、親戚の者だといって会おうとするが駄目だった。鶯鶯は人づてにこっそり詩を贈る。

自従消痩減容光　痩せ細り容貌も衰えてしまったので
万転千回懶下床　考えあぐね起きる気になりません
不為傍人羞不起　傍の人に嫌な思いをさせたくないからではなく
為郎憔悴却羞郎　あなたのためにやつれた顔をお見せするのがはずかしいのです

それから数日後、蒲州を離れる張生に、鶯鶯はまた詩を贈ってきた。

棄置今何道　捨てられた今、言うことは何もありません
当時且自親　あのときは私からあなたを求めたのです
還将旧時意　そのときの気持になって
憐取眼前人　今の私を憐れんでやってください

唐、元稹《げんしん》（七七九―八三一）の作。字は微之《びし》、河南、洛陽の人。
憲宗の元和元年（八〇六）、科挙の一科目、対策で首席になる。左拾遺を授けられる。しかし、天子に上書したため左遷された。その後、監察御史、中書舎人、工部侍郎などの職を歴任、同中書門下平章事（宰相）にまで出世する。しかし間もなく罷免され、武昌の節度使の任につき死亡する。

詩は白居易と並び、「元白」と称され、詩風は「元和体」と呼ばれた。平易軽妙、元軽白俗といわれている。詩は「連昌宮詩」など八二八首。

『鶯鶯伝』は、元稹が友人の張生から聞いた崔鶯鶯との恋物語になっている。しかし実は、元稹本人の双文との体験話だといわれている。

『鶯鶯伝』は「会真詩」にちなみ、『会真記』ともいわれる。後世の文学への影響は大きく、金、董解元『弦索西廂』、元、王実南『西廂記』に顕著に現れている。

艶情詩

唐代の詩には男女の恋情を題材にした作品が少なくない。

その中でも、晩唐の詩人、温庭筠、李商隠、韋荘、韓偓の作品は艶情詩といわれている。女の複雑な心境、恋愛、結婚、浮気、さらにまた夜の交情も詠われているのだ。辞藻は脂粉に満ち、華麗で濃艶――俗艶香軟、婉曲纏綿が特徴である。

一　温庭筠（八一二？―八七二？）
太原祁（山西省祁県）の人。字は飛卿。初唐の宰相、温彦博の後裔だといわれている。若いころから文才に秀でていた。李商隠と並び称され、「温李」と呼ばれる。

しかし進士に及第できず、遊里を遊び歩く。飲み・打つ・買う、品行のよくない文人と見なされてまともな官職につけず、不遇な生涯を送った。

訴哀情（つれない思い）

鶯語　花舞
春昼午　雨霏微
金帯枕　宮錦　鳳凰帷
柳弱鶯交飛
依依　遼陽音信稀　夢中帰

鶯の声　花が舞い
春の昼間　しとしととこぬか雨
金帯の枕　宮錦　鳳凰の帷《とばり》
鶯は風になびく柳に飛び交う
今ごろどうしているだろう　遼陽からの便りは少ない　夢の中で会おう

二　李商隠（八一三―八五八）

懐州河内（河南省沁陽県）の人。字は義山、号は玉渓生。一八歳のころ、牛僧孺派の令狐楚に文才を認められる。文宗の開成二年（八三七）、楚の息子、令狐綯の尽力で進士に及第する。

楚が死ぬと、反対党、李徳裕派の王茂元の書記になり、娘と結婚。二股膏薬だと軽蔑される。弘農尉、府参軍、太学博士などの官職を歴任した。しかし派閥の対立にまきこまれ、各地を転々として生涯を終えた。

『李義山詩集』三巻、詩は六〇〇首。

無題

相見時難別亦難　やっと会えたら別れがつらく
東風無力百花残　春風も力なく百花を散り残す
春蚕到死糸方尽　蚕は死ぬまで糸を吐き
蠟炬成灰涙始乾　蠟燭は燃えつきるまで涙を流す
暁鏡但愁雲鬢改　朝早く鏡をのぞき愁に沈んで髪をなおしていた仙女
夜吟応覚月光寒　夜　詩を吟じていると月の光は寒ざむとしている
蓬山此去無多路　蓬来山はここから遠くない
青鳥殷勤為探着　青い鳥よ！　しっかり私を探してほしい

〈青鳥〉女の便りを運んでくる鳥。

三　韋荘（八三六―九一〇）

京兆杜陵（陝西省西安）の人。字は端己。若いころは貧しかった。中和三年（八八三）、四八歳のとき洛陽で長篇叙事詩「秦婦吟」を作り、「秦婦吟秀才」と称えられた。乾寧元年（八九四）、五九歳で進士に及第。校書郎に任ぜられる。西川節度使の王建が、蜀で反乱を起す。宣撫のために派遣されたが、反対に王建に仕えるようになる。成都の郊外にあった杜甫の「浣花草堂」を修復して住む。唐が滅び、王建が前蜀王朝を建てる。宰相に就任。三年後に死亡。

『浣花集』一〇巻など。詩は三一九首。

多情（移り気）

一生風月供惆悵　浮気には苦い思いがつきまとい
到処煙花恨別離　霞んだ花があちこちで別れを恨んでいる
止竟多情何処好　移り気のどこがいいというのだ
少年長抱長年悲　昔の悲しみが今もこうして残っている

四　韋偓（八四四―九二三）

京兆万年（陝西省西安）の人。字は致光（堯《ぎょう》）。号は玉山樵人。竜紀元年（八八九）の進士。左拾遺、翰林学士などの職を経て、唐末、昭宗の時、兵部侍郎になる。しかし、朱全忠（後の五代、梁の太祖）と馬が合わず、濮州（山東省）の司馬、栄懿（四川省）の尉、そしてまた鄧州（河南省）の司馬に左遷された。

天祐二年（九〇五）、都に招請されたが戻らなかった。唐が滅亡する。閩（福建）に行って亡くなる。

『翰林集』一巻、『香奩集』一巻。

半睡（夢ごこち）

眉山暗淡向残灯　山の眉が残り灯にぼんやり浮び
一半雲鬟墜枕稜　髪は半ばくずれて枕の片隅にかかる
四体著人嬌欲泣　体をぐっと寄せ声をもらそうとして
自家揉砕研繚綾　女は研繚綾《あやぎぬ》をにぎりしめる

晩唐の艶情詩は、韓偓の『香奩集《こうれんしゅう》』にちなんで香奩体とも呼ばれている。正統派と称する文人たちから、浮ついた派手な生活を詠った淫詩だと見なされるむきもある。しかし、香奩体の詩は唐代の性愛を詠った詩として、確固たる地位を占めている。

『花間集』

欧陽炯「浣渓沙」三首の内、一首

相見体言有涙珠　会えば言葉なく　こぼれる涙
酒闌重得叙歓娯　酒がつきたらまた頼み語りあう
鳳屛鴛枕宿金鋪　鳳の屛風に鴛の枕　女の部屋に泊る

蘭麝細聞喘息　かすかに香る蘭麝　ため息がもれる
綺羅纎縷見肌膚　きれいな薄い絹の糸　透けた肌
此時還恨薄情無　この時　恨みはなくなり　可愛くてたまらない

孫光憲「菩薩蛮」五首の内、一首

花冠頻鼓牆頭翼　雄鶏が塀の軒の上で頻りに時を告げている
東方淡白連窓色　東の空が白み始め窓も明るくなってきた
門外早鶯声　門の外では早くも鶯の声がしているが
背楼残月明　楼の彼方に残月が出ている
薄寒籠酔態　ちょっと寒いがまだ酒は残り
依旧鉛華在　化粧もそのままだ
握手送人帰　女は手を握って男を送りだす
半拖金縷衣　軽くはおった金縷の衣

牛嶠「菩薩蛮」七首の内、一首

玉楼氷簟鴛鴦錦　玉楼　涼しい簟《ござ》　鴛鴦の錦の布団
粉融香汗流山枕　白粉《おしろい》は融けて香り　汗は山枕《まくら》に流れる
簾外轆轤声　簾《すだれ》の外で轆轤の音がして

斂眉含笑驚　　眉を斂《ひそ》め笑みを含んで驚く
柳陰煙漠漠　　目をとじてあとはおぼろ
低鬢蟬釵落　　低《みだ》れ鬢蟬《かみ》から釵が抜け落ちる
須作一生拚　　一生離れないでちょうだい
尽君今日歓　　今日はこんなに楽しかったわ

『花間集』は後蜀、趙崇祚が編纂した詞集（一〇巻）だ。唐、開成元年（八三六）から後蜀、広政三年（九四〇）まで、唐から五代にかけて活躍した有名な詞人（一八名）の作品、五〇〇首が収められている。女の千嬌百媚な姿態を詠った深情蜜意、華麗香艶な詞が多い。

　手本にされた温庭筠を除き、韋荘、牛嶠、欧陽炯、孫光憲たち一七名は、『花間集』の題名にちなんで、「花間詞派」と呼ばれている。

　唐が滅亡（九〇七）し、宋が成立（九六〇）するまで、五〇年余りの間は五代十国といわれるように、群雄が割拠した戦乱の時代だった。その中でも前・後蜀（四川）と南唐（江南）は、比較的戦乱の影響は少なく、生活も安定していた。

　しかし、この小国の君主や豪族たちも、周囲の状況に影響されて、一時的な安逸にふけり、流される日々を送っていた。豪華な酒宴には、歌台舞榭（歌舞を演じる仮設の舞台）がつき物だった。蜀で花間詞派のすぐれた作品集が生まれたのも、このような時代の背景があったからだ。

『南唐二主詞』

「菩薩蛮」四首の内、一首

花明月暗籠軽霧
今宵好向郎辺去
剗襪歩香階
手提金縷鞋
画堂南畔見
一晌偎人顫
好為出来難
教君恣意憐

花は白く霧で月もかすんでいる
今宵はあのお方のところへ行くのにちょうどいい
襪《くつした》だけになり花の香が漂う階《きざはし》を歩《たど》る
金縷の鞋は手に提げて
画堂の南畔《がわ》で会い
しばらく寄り添って震えている
そっと出てくるのはなかなか難しい
どうぞ思いきり可愛がってください

宋、馬令撰『南唐書（女憲伝・継室周后）』の記述から推測し、この女性は大周后の妹、小周后だろうといわれている。大周后が病気になったとき、看護のため宮中に上がり、李煜と関係ができたのだ。

「虞美人」二首の内、一首

春花秋月何時了
往事知多少
小楼昨夜又東風
故国不堪回首　月明中
雕闌玉砌応猶在
只是朱顔改
問君能有幾多愁
恰似一江春水　向東流

春の花　秋の月はきまって廻《めぐ》ってくる
これまでに何度見たことだろう
小楼に昨夜また東風《はるかぜ》が吹いた
月明かりの中で故国を回顧するのは堪えがたい
彫刻の欄干《てすり》、玉の石段《きざはし》はそのままだろう
しかし元気だった顔は変わってしまった
愁はどれほどだと尋ねられたら
早春、大河の水が滔々《とうとう》と東に向って流れてゆくようなものだと答えよう

〈東風・向東〉金陵は汴京の東方。

李《り》煜《いく》（七三七—九七八）は十国、南唐の第三代国主。在位、九六一—九七五年。中主、李璟《えい》の第六子、幼名は従嘉、字は重光。最後の国主だったので、通称、李後主という。九七五年、首都、金陵が宋に攻略され、囚われの身となる。三年後、宋の首都、汴京《べんけい》（河南省開封）で太宗に毒殺された。

詩文、書画、音楽に通じ、特に男女の纏綿情を詠った詞にすぐれた作品が多い。「狎昵已極（戯れの極み）」といわれている。

李煜は太平興国三年（九七八）七月七日、四二歳の誕生日の晩、寓居に寵姫を呼び、「虞美人」を

唄わせた。歌声が外にもれ、宋、太宗の耳に入った。帝は激怒し、弟の趙廷美（秦王）に毒、牽機薬《けんきやく》を酒に混ぜさせて、殺害したと伝えられている。

『南唐二主詞』（最も古い刊本は、明、万暦四八年〔一六二〇〕、虞山《ぐさん》〔江蘇省常熟〕の呂遠《りょえん》が刊行）には、中主李璟（四首）、後主李煜（三三首）の詞が集められている。なお纏足は、李煜が寵姫、窅娘《ようじょう》の足に布を巻いて小さくさせ、蓮花の台の上で踊らせたことに端を発しているといわれている。

『迷楼記』

煬帝（在位六〇四―六一八）は女色に耽っていた。江都（揚州）、観音山に複雑な構造の楼閣を莫大な費用をかけ建造させ、後宮にした。

軒窓掩映、幽房曲室、玉欄朱楯、互相連属、回環四合、曲屋自通、千門万牖、上下金碧、金虬伏於棟下、玉獣蹲于戸傍、璧砌生光、瑣窓射日、工巧之極、自古無有也。

窓は軒に深くおおわれ、薄暗い部屋が曲った奥の室へつながっている。朱の柱の上に玉を据えた欄干が、四合院を取り巻いていた。内部は複雑に入り組んで、いつの間にか別の所に出る。たくさんある出入口の扉は金と碧玉で飾られ、上に金の虬《みずち》が横たわり、戸の傍には玉の獣が蹲っている。壁の階段が光っているのは、小窓から日が射し込んでいるからだ。かつてない見事な建築技術が結集されていた。

選ばれた良家の子女は数千人もいた。煬帝は迷楼に入り浸っていた。

稠又進転関車。車周挽之、可以昇楼閣如行平地。車中御女則自揺動。帝尤喜悦

稠はまた転関車を献上した。車が回転し、引っ張ると平地を進むようにして階上へ昇ってゆく。車の中で女を御（交合）すと、ひとりでに揺れ動いてくれる。帝はご機嫌だった。

煬帝は、この車を任意車と名付けた。

其年上官時自江外得替回鋳烏銅屏数十面。其高五尺而闊三尺。磨以成鑑為屏、可環於寝所、詣闕投進、帝以屏内迷楼、而御女於其中、繊毫皆入於鑑中。帝大喜曰絵画得其象耳。此得人之真容也。勝絵図万倍矣。

その年、上官時が揚子江の南の地から、数十面の烏銅（赤銅）の屏風を持ち帰らせた。高さは五尺、幅は三尺。磨いて鏡にしてある。寝台の周囲に立てることができた。上官時は参内して献上した。帝は屏風を迷楼に持ち込み、ことにおよんだ。何もかも手に取るように映る。帝は大いに喜び、「絵は形にすぎない。これだとありのままの姿が分かる。絵よりずっと素晴しい」と悦に入っていた。

隋は間もなく唐に滅ぼされる。

太宗は迷楼に火を放った。数カ月燃え続けたという。

『迷楼記』は隋、煬帝の宮廷艶史だ。

茅盾（一八九六―一九八一）は『中国文学内的性欲描写』の中でこう述べている――最初、撰者の名

前は記されていなかった。明代の人が勝手に唐、韓偓にしたので根拠はない。『青瑣高議』（北宋、劉斧撰、志怪小説集）に「迷楼記」が出ているから、撰者は北宋の人だと信じられる。

『大業拾遺記』

何妥所進車、車前隻輪高、疎釘為刃、後隻輪庳下、以柔楡為之、使滑勁不滞、使牛御馬（車名）。自都抵汴郡、日進御女車、車幰垂鮫綃網、雑綴片玉鳴鈴、行揺玲瓏、以混車中笑語、冀左右不聞也。

何妥が献上した車は、前輪が大きく、滑り止めの釘が所々に打ってある。後輪は小さく、振動が伝わりにくい楡で出来ていた。動き出すと加速度がつく。牛に引かせても馬に負けないほど速いので、「牛御馬」と名付けられた。都から汴郡に到る間、毎日、女が献上され、帝は車の中で楽しんでいた。人魚が織るという鮫絹の網《とばり》が掛けてある。あちこちに玉片と鈴が縫い付けられていて、揺れるときれいな音がした。笑いに混じった声が、外に聞こえないよう配慮されているのだ。

侍児韓俊尤得帝意。毎寝必召令振聳支節、然後成寝。別賜名為来夢児。蕭妃常密訊俊娥曰、帝体不舒、汝能安之、豈有他媚。俊娥畏威進言妾従帝自都来、見帝嘗在何妥車。車行高下不等、女態自揺、帝就揺怡悦、妾今幸承后恩徳、侍寝帳下、私効車中之態以安帝耳、非他媚也。

侍女の韓俊娥は、帝に特別に気に入られていた。帝は寝所につくと、必ず呼んで体をもませてから眠る。来夢児《ゆめよぶこ》という別名を与えていた。蕭妃は俊娥にそっと訊いた。「帝はお体がすぐれない。それなのにお前は眠らせてあげることが出来る。媚道でたぶらかしているのではないだろうね」。俊娥は妃の激しい語気に押され、申し上げた。「私は帝に従って都からまいりました。帝はずっと何妥の献上した車に乗っておられたのです。車は高さが不同なので、女の体はひとりでに揺れます。帝はそれがお好きでした。今も幸い皇后さまのご恩を賜わり、ご寝所で帝のお世話を致しております。こっそり車に乗っておられるときのようにして、帝のお心を安めてさしあげております。決して媚道など使っておりません」。

『大業拾遺記』は隋、煬帝の宮廷艶史だ。

冒頭に、唐、顔師古と記されている。しかし、茅盾の説によると、撰者かどうかはっきりしない。茅盾は『中国文学内的性欲描写』の中で、こう述べている——北宋、姚寛『西渓叢語』に次のように記されている。『唐書』芸文志に、『烟花録』という書が記載されている。煬帝が広陵に幸行した記録だ。しかし、この書は既にない。誰かが、この書にちなんで偽作したのだと思われる。

『大業拾遺記』には、由来を記した跋文が付いている——上元県にある南朝の故都に、梁の時代に建てられた瓦棺寺という寺があった。閣《くら》は昔から閉められていた。唐、武宗は会昌（八四一—八四六）

の時代、仏陀排斥令を出した。閣を開くと、多くの竹筆と共に蔵書が一帙出てきた。その中に、白い藤紙（藤の古木で作った紙の一種）数枚にしたためられた記録があった。「南部烟花録」という題が付いていた。隋の時代の遺稿だった。経文は焼かれたが、僧、志徹がこれを保管した。

『楽章集』

合歓帯

身材児、早是妖嬈。算風措、実難描。
一個肌膚渾似玉、更都来、占了千嬌。妍
歌艶舞、鶯慚巧舌、柳妬纖腰。自相逢、
便覚韓娥価減、飛燕声消。

桃花零落、渓水潺湲、重尋仙径非遥。

若いのに色っぽい体をしている
どう言ったらいいのか難しい
肌だけとると玉のようだが
一つにすると実に艶めかしい
歌も踊りも色香にあふれ
鶯も舌を巻き　柳も細い腰をうらやむ
会ったら分かるが韓娥も飛燕も色があせる

桃の花はしおれて落ち

莫道千金酬一笑、便明珠、万斛須邀。檀郎幸有、淩雲詞賦、擲果風標。況当年、便好相携、鳳楼深処吹簫。

渓水がさらさら流れている
再び仙女を訪ねて小道をたどって行くが遠くはない
一笑は千金に価するどころか
明珠を斛《ます》で万杯秤《はか》っても足りない
美男子は幸いすばらしい詞を作るので
仙女は引かれて好意を寄せた
ちょうど年頃だ　うまく相携えて
鳳楼の奥まった部屋で簫を吹かせる

（吹簫）日本で俗にいう「尺八」

志がかなわず失望した文人が、花柳界で遊んでうさを晴らし、妓女や歌姫の生活や男女の艶情などを詠った詞を狎妓詞という。

北宋、柳永は狎妓詞の代表的な作家だ。建州（福建省）、崇安《すうあん》（建陽県の北）の出身。代々儒家で役人だった家庭で生まれた。初名は三変、「大排行（大家族で兄弟姉妹が多い）」で七番目だったので柳七ともいわれる。字は耆卿《きけい》。

若い頃、都、汴京（開封）に出る。科挙にたびたび失敗する。花柳界に入りびたり、歌詞を作るようになった。

しかし晩年、景祐元年（一〇三四）、進士になる。睦州の団練使推官、余杭県令、そして屯田員外郎などの職を歴任。柳屯田とも呼ばれた。しかし、北宋の著名な詞人の中で、官位は最も低かった。生没年不詳。

狎妓詞に唄われているのは、花柳の巷での艶態と性愛である。妓女の容姿、心ゆくまでの戯れ、恋と別れなどが、口語を巧みに使い大胆に描かれている。士大夫の人間性を押えつける理学に対する一種の反発だったともいわれている。柳永は慢詞（調子が長くゆるい詞）が好きで、格調高い慢詞を数多く残している。

　　尉遅杯

寵佳麗。算九衢紅粉皆難比。天然嫩臉修蛾、不仮施朱描翠。盈盈秋水、恣雅態、欲語先嬌媚。毎相逢、月夕花朝、自有憐才深意。

いい女を可愛がるようになった
花柳の巷のどこを探してもこんな紅粉《おんな》はいないだろう
若いきれいな顔と整った眉は自然のままだ
朱や翠を塗ってごまかしていない
流し目が潤んで光る
品《しな》を作らずそのままで
もって生まれた妖しい色香が漂う
会うといつの間にか時が過ぎ
優しくしてやりたくなってくる

綢繆鳳枕鴛被。深深処、瓊枝玉樹相倚。
困極歓余、芙蓉帳暖、別是悩人情味。風
流事、難逢双美、況已断、香雲為盟誓。
且相将、共楽平生、未肯軽分連理。

気遣った情こまやかに　鳳の枕に鴛の布団
奥まった部屋で瓊枝玉樹《ふたり》は寄り添う
疲れても楽しみは尽きない
芙蓉の帳の中は暖かく
いつまでもこのままでいたい
こんな女にめぐり会うことは二度とない
思い切って一緒になる約束をした
これからは死ぬまで共に楽しく過ごし
些細な事で別れたりせず　連理の枝になろう

雨霖鈴

寒蟬凄切。対長亭晩、驟雨初歇。都門
帳飲無緒、留恋処、蘭舟催発。執手相看
涙眼、竟無語凝噎。念去去、千里煙波、
暮靄沈沈楚天闊。

身にしみいる法師蟬の声
長亭にせまるたそがれ　驟雨はあがった
帳をおろした部屋の中　都を去る別れの酒はきりがない
思いは残るが蘭舟が出ると催される
手を取り合って見詰める目に涙
とうとう何も言わずじっとこらえた
思い切るのだ　波の上は遠くまで煙がたちこめ

多情自古傷離別。更那堪、冷落清秋節。今宵酒醒何処、楊柳岸、暁風残月。此去経年、応是良辰、好景虚設。便縦有、千種風情、更与何人説。

日暮れの靄が楚の天《そら》をおおっている
女遊びは悲しい別れをもたらすものだ
そのうえ侘《わび》しい秋冷の季節だから
なお更心が痛む
今宵の酒が醒めたら何処だろう
楊柳の岸　夜明けの風と残月
ここを離れ年が過ぎたら
楽しかった日もよかった事もどこかへ消えてしまう
さまざまな恋情が蘇っても訴える女《ひと》はいない

狎妓詞は、金、元の散曲に大きな影響を及ぼしたといわれている。『楽章集』は柳永の詞集だ。

『西廂記』

道学者から「誨淫之書」と非難された『西廂記』には、艶麗な部分がある。

第四場「草橋店夢鶯鶯」第一幕。紅娘は先に寝具を届け、夜、鶯鶯を君瑞の書斎へ導く。君瑞の歌。

繡鞋児剛半折、柳腰児勾一搦。羞答答不把肯頭擡、只将鴛枕捱。雲鬟彷彿墜金釵、偏宜鬏髻児歪。我将這鈕扣児鬆、把縷帯児解、蘭麝散幽斎。不良会把人禁害、咍、怎不肯回過臉児来？　我這裏軟玉温香抱満懐、呀、阮肇到天台、春至人間花弄色。将柳腰款擺、花心軽拆、露滴牡丹開。但蘸着些児麻上来、魚水得和諧。嫩蕊嬌香蝶恣採。半推半就、又惊又愛、檀口揾香腮。

刺繡の鞋と新月の纏足、柳腰を引き寄せる。はずかしそうに鴛の枕に顔を押しつけて離れない。金の釵《かんざし》が抜け落ちそうだ。渦巻きの鬏髻《かもじ》がゆがんでいる。扣《ボタン》をはずし、細帯を解く。静かな書斎に蘭麝の薫が漂う。こんないい機会はないのに、どうしてこっちを向いてくれないのだ。抱き寄せると白い肌は柔らかく温かい。ああ！　阮肇《げんちょう》は天台山に登った。春が来て花が咲き乱れている。花心にじわっと押し込むと露が滴り、牡丹は開く。ちょっと入れただけで、むずむずしてくる。やっとかなった水魚の交わり。柔らかい蕊と甘い香りを、蝶のように思いのままに採り、付かず離れず、驚きにまじる愛《いと》しさ。唇を頰に押しつける。

（阮肇）後漢の人。劉晨と薬草を採りに天台山に登り、仙女と結ばれるという故事がある。

元代戯曲。著者は王徳信、字は実甫。大都（北京）の人。官職を退いた後、文人と芸人の創作団体、玉京書会の一員だった。元貞から大徳にかけて（一二九五―一三〇七）活動したといわれているが、生涯に関する資料は少ない。生没年不詳。

『崔鶯鶯待月西廂記』ともいわれ、唐、元稹の伝奇小説『鶯鶯伝（会真記）』の崔鶯鶯と張君瑞の恋物語が題材になっている。『鶯鶯伝』は最初、金、董解元により説唱（語りと歌）の作品に脚色されて『西廂記諸宮調（西廂搊弾《しゅうだん》詞）』になる。悲恋でなくめでたい物語にされた。これを更に王実甫が五本二一折（幕）の『西廂記』に作り変えたのだ。長編戯曲の最高傑作だといわれている。

唐、貞元一七年、科挙に落ちて旅に出た二三歳の書生、張君瑞は河中府（山西省永済県）の普救寺で一九歳の崔鶯鶯を見初める。

父、崔宰相は病気で死亡。母、鄭未亡人は鶯鶯や小間使いの紅娘たちと郷里、博陵へ柩を埋葬に行く途中、動乱が起こる。仕方なく普救寺へ柩をあずけ、西廂《むね》に滞在していたのだ。

鶯鶯も君瑞が好きになる。しかし母の甥、鄭大臣の長男、鄭恒という許嫁が都にいた。普救寺へ呼び寄せ、いっしょに博陵へ帰る予定になっている。

君瑞は塔院の西廂の部屋を借り、書斎にする。毎晩、鶯鶯は紅娘と寺の横にある花園で、父の成仏と母の無事息災を祈っていた。紅娘のとりもちで、夜、君瑞は鶯鶯と花園で会うことに成功する。ところが鶯鶯に厳しくたしなめられ、落胆して寝込んでしまう。

鶯鶯は反省し、紅娘と相談して夜君瑞の書斎へ赴き、体をまかせる。二人の関係は母に知られ反対される。しかし紅娘の計らいで、君瑞が科挙に合格したら嫁がせることにした。都へ上京した君瑞は試験に受かり、二人はめでたく結ばれる。

同じ場面の第二幕。紅娘が歌う。

你繡幃裏効綢繆、倒鳳顚鸞百事有。我在窓児外、幾曾軽咳嗽、立蒼苔将繡鞋児氷透。

あなたは刺繍の幃の中でぴったり寄り添い、上になったり下になったりして、いつまでもはなれない。窓の外で私はときどき軽い咳をしました。苔の上に立っていたから、刺繍の鞋に露が染み込んできましたわ。

同じ場面の続き。紅娘は鶯鶯を君瑞に嫁がせるよう、怒っている母親を説得し、鶯鶯を呼びにゆく。母親と会うのははずかしいと言う鶯鶯。紅娘はこう歌う。

当日個月明纔上柳梢頭、却早人約黄昏後。羞得我脳背後、将牙児襯着衫児袖。猛凝眸、看時節只見你鞋底尖児瘦。一個恣情的不休、一個啞声児廝耨。呸！　那其間可怎生不害半星児羞？

あの日、明るいお月さまが、やっと柳の梢に昇りました。こっそり会うのなら、もっと早くと日が暮れてすぐのほうがよかったでしょう。恥ずかしくて上着の袖で顔を隠し、どうしようかと迷いながら後ろからついていきました。じっと目を凝らしても、見えたのはあなたの尖った小さな鞋の底だけ。盛んに動いている気配がし、それに合わせて声を出している。驚いたわ！あの時どうしてひとつも恥ずかしくなかったの？

これほど淫艶な詞はないといわれている。封建時代の門閥制度と礼教の道徳を打ち破る、大胆な自由恋愛が主題になっているのだ。

文辞は優美で詩意は濃厚、また元曲の音韻・修辞技法（比拟、借代、衬照、双関、叠字、反復、対偶、排比、頂針、歇後）の点でも『西廂記』は最高水準にあると評価され、「詞語驚人、余香満口（歌の文句はすばらしく、いつまでも忘れられない）」と称賛されている。

明、清の雑戯・伝奇の中には『西廂記』を真似た作品が数多くある。また明代の伝奇作家、陸采、李日華、崔時珮たちは、南曲に書き変えた『南西廂』を残している。更に『西廂記』の刻本は百種近くもあるのだ。影響がいかに大きかったかが分かる。

ここに紹介した詞は、馮裳標校『西廂記』（『十大古典戯曲名著』上海古籍出版社、一九九四年）より引用した。

Ⅱ　明の時代

『僧尼孽《げっ》海』

僧と尼の淫行を集めた話。

序文にも「僧や尼たちの話を集めて本にした」と述べられているように、北斉の僧、曇献と胡太后、唐の則天武后と僧、薛懐義、元の順帝と天竺僧・喇嘛僧など昔の話から、明、万暦年間に至るまでの怪僧の話が三五編集められている。更に附輯として、道にはずれた尼の話が一三編付いている。

「雲遊僧」――一僧人物秀麗、有如婦人、遂纏足描眉、仮扮尼僧模様、雲遊四方。僧素善採戦又能縮亀、以故所至之地、人皆信為活仏。一日遊至呉下、借寓於豪家功徳庵、倡説輪廻、妄談生死、豪妻女敬之、留為庵主。僧遂誘本城富貴人家及郷村婦女至庵作会。庵有浄室十七間、各備床褥衾枕。毎遇会日則択美者、少者留宿庵中、甜言伴一夜常汚数婦女。間有剛正者便以法迷其神智淫之、婦女心内明白、而目睜口呆不能出言、事畢解之、已被点染、欲言不言、付之無可奈何耳。

その僧はきれいで女のようだった。脚半を巻き、眉を描いて尼になりすまし、あちこち行脚していた。房中採戦の術が巧みで、魔羅を小さくして体内に吸い込ますこともできる。どこへ行っても、生き仏だと思われていた。呉を訪れたときのことだ。仮の宿は土地の金満家の功徳庵だった。輪廻転生の説法を聞いたその家の主婦や娘たちは尼を敬い、留まって庵主になってもらうことにした。尼は市の金持ちや近郊の婦女子を庵に誘い、法会を開いた。庵にはきれいな部屋が一七あり、布団と枕が備え付けられていた。法会の日、尼は美しい女や若い娘を選び庵に泊めた。巧みに言い寄り、一夜に数人を犯していたのだ。中には言うことを聞かない気丈な女もいた。例の房中術を使い、女の抵抗をやわらげて物にした。女たちはいけないとわかっているのに、金縛りにあったような状態になり、ことが終わってから解放される。すでにもとの体でないから、黙って泣寝入りするより仕方がなかったのだ。

「麻姑庵尼」――庵主仮意又坐了一会、方才叫小僧近前、摟他坐在自己懐裡、挙手摸其肉具、不想和尚雖小肉具反堅大過人、這庵主心中楽極。双手捧定他肉具曰：汝如何生得這一条好東西？小僧曰：弟子不惟此物堅大、更善伸縮、呑吐一夜、可戦十女。庵主連忙自解褌帯、握其肉具、投入牝中。小僧倒挿斜鈎、尽力抽送了数百余度。庵主被他抽得嬌声顫作、昏暈酥麻、意忘却小尼在房也。

庵主はなにくわぬ顔をしてしばらく座っていたが、とうとう小僧に近くへ来るようにと声をかけた。膝の上に抱き寄せ、股間に手を入れて探った。まあ、若いのに立派だこと、驚いたわ！うれしくてたまらず、肉具を両手で下からすくった。「どうしてこんな立派な物を授かったの？」「堅く大きいだけでなく、伸び縮みさせて気を吸ったり出したりすることもでき、一晩に一〇人の女人と交われます」。庵主はせかせかと褌帯をほどき、肉具を握ってはめた。小僧は前後左右にぐいぐい突き立てる。よがり声をあげていたが、しびれてきてわけがわからなくなり、若い尼が僧房にいたことなどすっかり忘れてしまった。

文語体で書かれている。作者は不詳。これも日本に保存されていた貴重な艶本だ。

大分県佐伯市立図書館に保管されている毛利家・佐伯文庫の漢籍の中に、明代の版本があった。序文の末尾に「呉趨唐寅字子畏撰」、本文巻頭に「新鐫出相批評僧尼孽海／南陵風魔解元唐伯虎選輯」と記されている。

東京大学東洋文化研究所に保管されている長沢規矩也氏旧蔵本・双紅堂文庫に写本がある。また太平書屋蔵、明治期の物だと推定される写本がある。更に無窮会神習文庫蔵、文化五年（一八〇八）作成の写本がある。

この三種は同一源の写本で、どれも二丁の落丁がある。本文九九丁の内、二七と九六が落丁。但し前者二本は僧編だけで、尼編がない。尚、無窮会神習文庫蔵本は、台北天一出版社が一九九〇年に出版した明清善本小説叢刊（第一八輯・艶情小説専輯）の中に影印本として集録されている。

この三種の原本は佐伯文庫蔵本とは違う。寛政三年（一七九一）刊『小説字彙』の引用書目の中に、『僧尼孽海』の名がある。これから推測して、別本存在の可能性があるが、まだ見つかっていない。

唐寅《とういん》（一四七〇―一五二三）は明代中期の著名な画家・文学者。字は伯虎・子畏、号は六如居士など。呉県（江蘇省）の人。二九歳で郷試に首席で合格、「唐解元」と呼ばれる。「一切の有為の法は夢・幻・泡・影・露・雷の如し」これは仏典『金剛経』にある言葉だ。六如居士の謂れである。放縦な生活を送り、「江南第一風流才子」と自称した。

「雲遊僧」の第三話に万暦丁酉（二五年・一五九七）、「水雲寺僧」の第二話「閩寺僧」に万暦乙未（二三年・一五九五）、それと「六驢十二仏」に万暦己丑（一七年・一五八九）という年号が出ている。これから判断すると、唐寅は七〇年ほど前、嘉靖初頭に既に死亡しているから、編纂できない。唐寅が『僧尼孽海』の撰者に仮託されたと見なされる根拠はこれだ。しかし、唐寅が編纂した物があり、誰かがそれに新しい話を付け加えたとも考えられないだろうか。

崇禎年間に刊行された、古呉、金木散人編『鼓掌絶塵』の第三九回に『僧尼孽海』の話が出てくる。これに基づき、成立年代は万暦末から崇禎初めだと推定されている。

〈『僧尼孽海』（板戸みの虫訳・浅川征一郎書誌解説、太平書屋、一九八八年）を参考にした〉

『如意君伝』

則天武后と薛敖曹の情痴を描いた文語体の中編小説。別名を『閫娯《こんご》情伝』ともいう淫書である。閫娯は閨房の楽しみだ。

物語の梗概――則天武后は一四歳のとき太宗に見いだされ、才人として後宮に入る。まだ太子だった高宗と私通し、太宗の死後寵愛されるようになり男子を産む。子がなかった王皇后を廃位にさせ皇后になる。

武后五六歳の時、高宗が崩御。中宗（第三太子、李顕）が跡を継ぐ。だが武太后は我が子を廃位にさせ、則天武后と号して天皇に即位。更に数年後、国号を周と改め則天大聖金輪皇帝になる。権力を手中に収めた武后は、凶暴そしてまた淫乱になっていった。巨根の僧懐義、御医の沈南璆、更に七〇歳のとき若い美貌の家臣、張易之・昌宗の兄弟を男妾にする。しかし、この二人にも物足りなくなる。宦官、牛晋卿が洛陽の薛敖曹を推薦した。

其人年近三十、才皃兼全且肉具雄健、非易之昌宗輩可及。陛下下尺一之詔使臣銜命召之、必能暢美聖情、永侍几席。后曰汝識其人乎、晋卿曰臣未識其人、聞郷中少年言手不能握尺不能量、頭似蝸牛、身如剝兎觔若蚯蚓之状、掛斗粟而不垂。后倚幃屛而嘆曰不必言、已得之矣、乃出内帑黄金二錠白璧一双、文綿四端、安車駟馬。

その人物は年は三〇に近く、才色兼備、肉具《へのこ》が異常に大きい。易之、昌宗の比ではない。「陛下、詔書を認《したた》めてお命じください。臣がお連れ致します。必ずご満足いただけるに相違ありません。末永くお傍に置かれますでしょう」「おまえはその男に会ったことがあるのか」「ございません。同郷の若者の話では、手では握りきれず、物差しでは測りきれない。亀頭は蝸牛《かたつむり》の殻、陰茎は皮を剥いだ兎のようで、蚯蚓《みみず》のような筋がある。そして一斗の粟袋を掛けてもしゃんとしているそうです」。武后は幃屛《ついたて》に身体を寄せ、ほっと息をついた。「もう言うな。分かったぞ」財宝庫から黄金二錠、白璧一双、文錦四端《たん》を出して四頭立ての馬車に積ませた。武后は薛敖曹を大いに気に入り如意君という称号を与え、年号も如意と改めた。武后はしだいに体の衰えを感じるようになり、皇位を甥の武三思に継がせようと考える。しかし敖曹は武后の実子、李顕を薦め、駄目なら麈柄《へのこ》を切り落とすと言う。武后は折れた。七六歳になった武后は房事過多で衰弱し、食欲もなくなる。もし死んだら敖曹は殺されるだろう。甥の武承嗣の家に住まわせよう。そして別れに世の習いをまね、白肉《はだ》に灸を据えて愛の印にすることにした。

於敖曹麈柄頭焼訖一円。后亦于牝顱上焼一円、且曰我為汝以痛始、豈不以痛終乎。既就寝謂敖曹曰人生大恨、亦不過如此苦耳。今夕死亦作楽鬼可也。因命歴記作過風流解数。逐一命敖曹為之、各過十余度。

敖曹の麈柄の頭に灸を据え、円く焼いた。武后も牝顱《ほがみ》を円く焼いた。「汝とは痛みで始まり、なんと痛みで終わりだわ」。すぐ寝所に就いた。「人生を大いに恨む。またしてもこのように苦しいだけだ。今宵死ねば快楽《けらく》の魂になれるわ」。これまでにやった体位を思い出し、逐一やるよう敖曹に命じた。交合は十数回に及んだ。

武后はその後健康を取り戻す。手紙を托して敖曹を呼び寄せようとした。しかし敖曹は再び宮中に入ったら生きて帰れないと判断し、こっそり逃亡する。武后死去。李顕が即位して中宗に返り咲く。張兄弟たち男妾は殺害された。敖曹には恩がある。李顕は行方を捜させたが分からなかった。五〇年ほど後、成都で彼を見た者がいた。道士の格好をし、顔は二〇過ぎの若者のようだったという。仙人になったのに違いない。

題の異なる二種類の版本がある。『如意君伝』（米国、国会図書館本）、『則天皇后如意君伝』（日本、東都書舗本）だ。前者には撰者の名はなく、後者には「呉門徐昌齢著」と記されている。また後者の序の最後に「東都　牛門隠士書」と付記され、奥付もあるなど二、三相異点はあるが、序、本文、跋の内容は同じだ。

東都書舗本の発刊は、奥付に宝暦十三年癸未（一七六三）と明記されている。米国本に発刊年は記されていないが、中国では明刊本だと見なされている。しかし、これは慶長時代の木活字を使用し、京都、山田聖華房が東都書舗本を底本にして明治二四年頃に刊行した物だという説もある（『中国秘籍叢刊』飯田吉郎・太田辰夫編、汲古書院、一九八七年）。

呉門は蘇州だと推定される。しかし、除昌齢がどんな人物か不明。偽名の可能性が高いといわれている。また序の末尾にある華陽散人は明末の文人、呉拱宸ではないかという説もあるが定かでない。明、万暦本『金瓶梅詞話』、欣欣子の序に『如意伝』として書名は出ているが作者の名はない。また明、嘉靖四一年（一五六二）刻本、黄訓『読書一得』に、「読如意君伝」という一文がある。これから推定して、『如意君伝』は一六世紀中葉既に成立し流布されていた。そして日米両版本の序と跋の年号が信用できるなら、甲戌は正徳九年（一五一四）、庚辰は同一五年（一五二〇）に当てはまると推測されている。

『如意君伝』は性器、性行為を具体的に描写した、中国文学史上最初の作品だ。『飛燕外伝』、『迷楼記』は具体性に欠ける。『遊仙窟』は隠語を使い、ベールで包んでいる。『如意君伝』は更に『牡丹亭』

や『金瓶梅詞話』などに大きな影響を及ぼしている。

清、嘉慶一五年（一八一〇）御史、伯依保が上奏。道光一八年（一八三八）江蘇当局、同二四年（一八四四）浙江当局、同治七年（一八六八）江蘇巡撫、丁日昌が定めた禁毀書目録に入っている。

『濃情快史』

唐、則天武后の生涯を綴った淫史。文章は白話体で三〇回。序と跋はない。目録と本文の前に「嘉禾餐花主人編次・西湖鵬鶚居士評閲」と記されている。嘉禾と西湖から、作者は浙江、嘉興の人、評者は杭州の人だと分かる。しかし、それ以外は不詳。

物語の梗概。

唐初、荆州、武士彠《ぶしかく》の妾、張氏の夢で玉面狐と交わり媚娘を生む。一三歳のとき媚娘は幼なじみのいとこ武三思とできてしまう。美しくて頭もよかったが、好色だったのだ。

元宵節の夜、媚娘は街で二人のならず者に目をつけられる。彼らは美男子の張六郎に頼み、誘い出させようとした。しかし、六郎は媚娘とできてしまう。清明節の日、二人は媚娘を騙して誘い出し犯す。そして売ってしまおうとする。六郎はそれを知り、武士彠に知らせて助けた。

貞観一一年（六三七）、媚娘は選ばれて太宗の後宮に入り、才人になる。病気になった太宗の看護に当たっていた皇太子は、武才人と私通する。将来、皇后にすると約束した。

太宗崩御。尼になった武才人は、僧、薛懐義と通じる。皇太子は即位して高宗になった。武才人を宮廷に呼び戻し、昭儀の位を与えた。間もなく王皇后を廃して皇后にする。その後高宗は武后に惑わされて淫欲に耽り、政務を執れなくなる。裁決は武后がするようになった。

高宗崩御。武后は実子、顕皇太子を退けて皇帝になる。武三思、薛懐義、張昌宗（六郎）、その兄、張易之たちを宮中に入れ淫乱に耽った。さらにまた宦官、牛晋卿が巨根の薛敖曹を推薦し、武則天は如意君と呼び寵愛するようになる。

武則天は年を取り、体力が衰えてきた。皇太子を地方から呼び戻し、中宗に立てる。中宗は張柬之たちの協力を得て、張昌宗・易之を殺す。武則天崩御。中宗の皇后、韋氏と通じた武三思を、皇太子が殺害させた。中宗は反乱を起こしたと誤って皇太子を殺す。そして今度は韋氏が中宗を殺した。李隆基が宮廷へ攻め入り、韋氏そして武氏の残党を殺害、父親の相王を睿宗に立て唐王朝が甦る。

淫史といわれるとおり、『濃情快史』には性交の描写が多い。

此時媚娘興発下面水已流出、遂把手放開。三思解了帯児扯下来将手摸去、真是白馥々、鼓蓬々、軟濃々、緊紮々的好東西。便把陽物挿上、媚娘仮意推道獣畜生真酔了。已被三思入進少許、三思之物尚未出幼止得三寸、況有水滑溜、媚娘所以承受得起。三思掇起両腿抽動起来。入得媚娘興発、便与三思親嘴。三思笑道姑娘要解渴了。媚娘道此事甚覚有味、不知夜々做得麼。三思道心肝。你如今知趣了。我合你裡面床上去幹。二人同到床上脱尽衣服、蓋了被児相摟相抱、如蛇吐信子一般嗚咂有声。那媚娘正是破瓜時候。三思之物雖小倒是堅硬、且常与人挿後庭花風流法度、都在行了。

両人幹了一個時辰方才住手。

媚娘は興奮し濡れてきたので手を放した。三思が帯を解き、ずり下げて触った。白くていい匂いがした。張りがあり柔らかい。ぎゅっとすぼまったいい割目だ。すぐ陽物を押しつけた。媚娘は押しのける格好をして言った。「ケダモノ、本当に酔っているのね！」すでに少し入っていた。大人になっていない三思の物はまだ小さく、三寸もない。それと水《えき》が出てぬるぬるしていたから、受け入れられたのだ。三思は脚を両手で持ち上げ、腰を動かし始めた。媚娘は興奮して三思の口に吸いついた。三思は笑った。「喉が渇いたのか？」「気持がいい。毎晩できないかしら」「いいことが分かったろう。中へ入って寝台でやろう」いっしょに寝台へ行った。素っ裸になり、布団をかけて抱き合った。蛇が舌をチロチロ出すようにして、音を立てて舌を吸った。こうして媚娘は処女を失ったのだ。三思の物は小さかったが堅かった。そしてまた、男友達の後庭花《こうもん》に挿し込んでよく遊んでいたからうまくいったのだ。二人は二時間ほどしてやっとやめた。

孫楷第『中国通俗小説書目』（人民文学出版社、一九八二年）によると、三種類の刊本がある。北京大学図書館蔵、嘯花軒刊本、日本、千葉掬香蔵、酔月軒刊本、それと日本、宮内庁書陵部蔵、『船載書目』に記載されている思堂本だ。

台湾天一出版社（台北）が、民国七九年（一九九〇）に出版した明清善本小説叢刊（艶情小説専輯）に『濃情快史』も収められている。旧刊本を影印した物だが、原本はこの三種類の中のどれかはっきりしない。

『濃情快史』の成立年代は不詳だ。清初、康熙年間に劉廷璣、号は在園が、その著『在園雑志』巻二で禁書に当たる本を指摘し、その中に『快史』（略称）が入っている。因みに他は『肉蒲団』、『野史』、『恨史』そして『媚史』などだ。これで『濃情快史』は、康熙年間以前に書かれた物だと分かる。

李夢生は『中国禁毀小説百話』（上海古籍出版社、一九九四年）で、『玉妃媚史』の序が『濃情快史』に触れていることを述べ、『媚史』は明、万暦以前の作だから『濃情快史』もそうだろうと推定している。『濃情快史』の成立年代は清の時代だという説もあるが、ここでは李夢生の説に従っておく。

また李夢生は、清、乾隆年間の文化堂刊本『金石縁』に『濃情快史』には綉像（春宮画）本があったと記されていること、そしてその本が散佚したことを指摘している。

清、嘉慶一五年（一八一〇）御史、伯依保が上奏。道光一八年（一八三八）江蘇当局、同二四年（一八四四）浙江当局、同治七年（一八六八）江蘇巡撫、丁日昌が定めた禁毀書目録に入っている。

『牡丹亭』

梗概――南安の太守、杜宝に一六歳の美しい一人娘、麗娘がいた。ある日、花園を散歩した後、部屋で昼寝して夢を見る。若者と恋仲になり、結ばれて結婚を約束した。その若者が忘れられなくなり、思いがこうじて病になる。自分の絵姿を描き、白檀の小箱に入れて庭の太湖石の下に隠す。死体は花園の牡丹亭の側にある梅の木の下に葬ってほしいと頼んだ。間もなく麗娘は死亡した。杜宝は淮揚安撫使に任ぜられ、揚州へ行くことになった。花園に麗娘を祀る梅花観を建て、道尼に管理させる。

三年の月日がたつ。嶺南の地に柳春卿という若者がいた。ある日、梅の木の下に立っている美人の夢を見る。忘れられなくなり、名前を夢梅に変えた。暮らしは楽でなかった。学問を志していた夢梅は科挙の試験を受けに都、臨安へ行く決心をする。途中、激しい風雪にあい、身体を痛めて南安の梅花観で静養した。

花園を散歩していた夢梅は、太湖石の側で白檀の小箱を拾う。掛け軸に夢で会った美女が描かれていた。部屋に掛けて、毎日「姐姐」、「美人」と呼びかけた。霊界から釈放された麗娘は家を見に戻ってくる。夢梅の声を耳にして姿を現わし、思いをとげていっしょになる。実は亡霊なのだと打ち明けた。道尼に墓を開けさせて還魂丹を飲み、蘇生する。二人で臨安へ行く。夢梅は幸い追加試験に間に合った。

北朝、金に荷担して溜金王の称号をもらった李全は、南朝、宋の淮安を攻めて包囲する。揚州から援軍に駆けつけた杜宝は、囲みを破って城内に入る。ところが今度は、淮安を取り囲んでいる李全に閉じ込められた状態になってしまう。しかし、金は宋と突然和睦を結び、李全は包囲を解く。

麗娘は両親のことを心配して夢梅を揚州へ遣る。夢梅は幸い淮安で杜宝と会うが、麗娘の夫だといっても信じてもらえず、捕らえられて臨安に護送された。夢梅が状元に合格したことがわかる。また麗娘の蘇生も事実だったことが確認され、杜宝は二人の結婚を正式に認めた。

『牡丹亭』には『西廂記』と同じように色っぽい場面がある。小文字の部分は台詞、その他は歌。

第十出、驚夢——則為你如花美眷、似水流年。是答児閑尋遍、在幽閨自憐。小姐、和你那答児講話去。那辺去？　転過這芍薬欄前、緊靠着湖山石辺。秀才、去怎的？　和你把領扣鬆、衣帯寛、袖梢児揾着牙児苫也、則待你忍耐温存一晌眠。

第一〇幕「夢に驚く」——あなたは花のように美しい。でも水が流れるように年月は去ってしまいます。あちこち捜しました。奥の部屋で我が身を悲しんでおられたのですね。お嬢さん、あちらへ行って話をしましょう。どこへ行くのですか？　この芍薬の柵の前を廻って、湖山石のすぐ側の辺りです。秀才さん、何をするのですか？　あなたの襟の扣《ボタン》を外し、着物の帯をゆるめます。袖の端をかみしめて痛みをこらえたら、優しくいたわってしばらく眠ります。

這一霎天留人便、草藉花眠。小姐、可好？　則把雲鬟点、紅鬆翠偏。小姐休忘了呵。見了你緊相偎、慢厮連、恨不得、肉児般、団成片也、逗的個日下胭脂雨上鮮。

天の助けがあったお陰で、草をしとねにして花としばらく眠れました。お嬢さん、よかったでしょう？　鬢にちょっと触ります。紅い簪《かんざし》がゆるみ、翠《みどり》の笄《こうがい》も傾いていますから。お嬢さん、忘れないでください。今度会ったらぴったり寄り添って、ゆっくり体をつなぎあいましょう。今回は肉団子のように一つになれなくて残念です。日の下で戯れたのに、口紅は雨に濡れたように鮮やかだ。

第四七幕「包囲を解く」の場面。金の使節、番将は宋と和睦の談合を終えた帰り、溜金王のもとに立ち寄る。羊の肉で酒を飲み、酔った番将は女王、揚氏に歌と踊りを所望する。女王を気に入ってしまい、「哈散兀該毛克喇《ハサンウカイマオクラ》」と言う。通訳は困って言葉をにごす。だが王は納得しない。

他這話倒明、哈散兀該毛克喇、要娘娘有毛的所在（通訳は仕方なく伝えた。「哈散兀該毛克喇というのは、女王さまの毛のあるところがほしいという意味です」）。

王は激怒し、酔った番将を鎗で殺そうとする。しかし、女王が止めて逃がした。王も女王には一目置いている。梨花鎗の使い手、女傑なのだ。

一名『還魂記』ともいわれる伝奇戯曲。元、王実甫『西廂記』と並び称される戯曲の傑作だ。作者は明、湯顕祖（一五五〇―一六一六）。字は義仍、号は海若士、海若、あるいは清遠道人。江西臨川（江西省撫州市）の人。万暦一一年（一五八三）の進士。しばらく礼部主事の職に就き、翌年、南京大常寺（役所）博士に任ぜられた。

しかし、「論輔臣科臣疏」を上奏して時の宰相、申時行たち権力者を弾劾したため、万暦二一年（一五九三）雷集徐聞県に左遷され、典史の地位に落とされた。

約一年半後、赦されて浙江南部の山間の町、遂昌の知事に復帰した。ところが国は銀山に鉱税をかけ、銀が出る出ないに関係なく人民から税金を取るようになる。被害が人民に及ぶのを見かねた湯顕祖は万暦二六年（一五九八）、知事の職を辞任して故郷の臨川に帰った。

書斎、玉茗堂を建て、その後も詩文、戯曲の創作に励んだ。『玉茗堂集』、『玉茗堂四夢』（『牡丹亭』も含まれる）などの作品がある。

『牡丹亭』の初刻本は万暦二六年（一五九八）、その後の翻刻は数多く、また伝本も十余種ある。『牡丹亭』の藍本は話本小説『杜麗娘慕色還魂』、一名『杜麗娘記』だ。劇本（脚本）は五五幕になっている。

『情　史』

男女の情愛を主題にした筆記（短編）小説集、中国の千夜一夜物語だ。正式な題名は『情史類略』、またの名は『情天宝鑑』ともいう。

歴代の筆記小説、正史別伝、民間伝説から馮夢龍《ふうぼうりよう》（一五七四―一六四六）が選び、潤色した話が、九〇〇篇近く集められている。その中には日本でもよく知られた「虞美人」、「王昭君」、「楊貴妃」などの話も含まれている。

明刊本は東渓堂蔵版（大連図書館蔵）、清刊本は乾隆年間の老会賢堂蔵版など、数多くの刊本が伝わっている。近年、台湾の広文書局が一九八二年に石版刷の影印本を出した。また中国でも、一九八五年に岳麓書社が排印本を、一九八六年に春風文芸出版社が校点本を出版している。

馮夢龍は長州（江蘇呉県）の人。若い頃から経学に明るく、三〇歳の時、湖北、麻城に招かれて『春秋』の講義をする。しかし、科挙の試験には受からなかった。五七歳の時、貢生になる。六一歳で福建、寿寧県の知事に就任した。六五歳で任を離れて郷里へ帰る。江南に清の軍隊が侵入し、七二歳の時、殉難したと伝えられている。
馮夢龍は通俗文学界に大きな業績を残している。宋、元時代の話本（講談）になぞらえて書いた擬話本、『古今小説』（『喩世明言』）、『驚世通言』、『醒世恒言』は通称「三言」と呼ばれ、『情史』と並ぶ作品だ。出典も『情史』と重複し、同じ話も多いが、中国の白話短編小説をそれまでにない高い水準に到達させたといわれている。
『情史』には、呉人龍子猶叙と江南詹詹外史述の序が二つある。実を言うとこの号はどちらも馮夢龍のものだ。別人のように見せかけているだけにすぎない。

呉人龍子猶叙――天地若無情、不生一切物。一切物無情、不能環相生。生生而不滅、由情不滅故――我欲立情教、教誨諸衆生。

天地にもし情がなかったら、一切の物は生じない。一切の物が無情なら、影響し合って次々と生じることは不可能だ。生まれ生まれて不滅なのは、情が不滅だからだ――私は情教を起こし、諸々の衆生を教え導きたい。

『情史』には、周代から明代まで二〇〇〇年余りにわたる男女の情にまつわる話が集められ、二四種類に分類編成されている。
巻一　情貞類――貞婦、烈婦に関する事績四十余篇。
巻二　情縁類――奇妙な縁で結ばれていっしょになる男女の話。
巻三　情私類――引かれ合う男女の忍び逢い。幸福になる場合と悲劇になる場合がある。
巻四　情俠類――古代の義俠心に富んだ男女の情事。

巻五　情豪類――古代の帝王、武将、相宰たちの淫らな生活。
巻六　情愛類――死んでも変わらない恋物語。
巻七　情痴類――ひたむきな情愛の話。
巻八　情感類――情けと恨み、喜びと悲しみが入り交じった話。
巻九　情幻類――情にまつわる不思議な話。
巻一〇　情霊類――霊になって愛し合う心が結ばれる。死んでも生き返ったり、現世で結ばれなくても来世でいっしょになったりする話。
巻一一　情化類――情念が火や鉄など、物に変わる話。心が鉄になり、死んでも燃えない。
巻一二　情媒類――仙人・友人・物の怪・狐・詩詞などの媒介によって結ばれ、幸せになる話。
巻一三　情憾類――愛していても縁がなく、死に別れたりする悲しい話。
巻一四　情仇類――不幸な結婚の話。
巻一五　情芽類――情は人の本性。周文王、孔子から一般の人々に至るまで、さまざまな話。聖人にも情の萌芽がある。
巻一六　情報類――情が原因で恨みを抱くようになり、仕返しをする話。
巻一七　情穢類――古代の帝王と后妃、また豪傑、武将、宰相の淫らな生活。
巻一八　情累類――情がからんで財産、名声、更に命までも失なう話。
巻一九　情疑類――人と仙女の恋など、疑念や心配が基になって別れる話。
巻二〇　情鬼類――人と亡霊の恋。

巻二一 情妖類――花・草木・狐・蛇・魚・虫の精、妖怪が人に取り憑く話。
巻二二 情外類――男子同性愛の話。
巻二三 情通類――草木・魚・虫・動物と人が情を通じる話。
巻二四 情跡類――名所旧跡にちなんだ詩や詞の中から、男女の情を歌った句が集められている。
巻一七 情穢類――范曄後漢書曰、赤眉発掘諸陵、取宝貨、汚辱呂后。凡有玉匣者、皆如生、故赤眉多行淫穢（范曄『後漢書』にこんな話がある。赤眉の一団はあちこちの陵を掘り起こし、財宝を盗み、呂后の死体も犯した。玉の棺に納められた女は、みな生きているようだったから、赤眉たちはよく屍姦を行った）。

〈赤眉〉眉を朱に染めていた前漢末の流賊。
〈呂后〉漢、高祖の皇后。

『清史』には「馮蝶翠」、「許俊」、「巌蕊」など娼妓の話が収められている。馮夢龍が彼女たちに深い同情を寄せていたことがうかがえる。

馮夢龍は編纂した話の終わりに所々寸評を、更に各巻の最後には「情史氏曰」という評を付けている。寸評には、『古今譚概』から引用したものがいくつかある。

『古今譚概』も馮夢龍の作品だ。この本は万暦四八年（一六二〇）に『古今笑』と改題されている。このことから判断して、『情史』の成立は万暦四八年以前だと推定されている。

『掛枝児』・『山歌』・『夾竹桃』

馮夢龍（一五七四―一六四六）が集録、編纂した明代の民間歌謡集、三部作。『笑林』（笑い話）、『謎語』（なぞなぞ）など一〇種類の娯楽読物をまとめた『破愁一夕話』（憂いを吹き飛ばす一夜話）の中に入っている。

これらの「郎情女意」の歌は、『詩経』の情歌と相通じるところがあり、おおらかに男女の色情を詠んだ歌謡が大半を占めている。

色情の表現方法は大ざっぱに三つに分類できるといわれている。一、「葷謎素猜」香艶だが、実は日常的な事柄。二、「素謎葷猜」日常的な事柄を歌っているようだが、実は性のことをいっている。三、直接、性行為を描写している。

『掛枝児』巻一・私部――摟抱

俏冤家想殺我。今日方来到。喜孜孜連衣児摟抱着。你渾身上下都堆俏。摟一摟愁都散。抱一抱悶都消。便不得共枕同床也。我跟前站站児也是好。

抱きつく

いなせなあいつが頭からはなれず、どうにかなりそう。今日、ようやく姿を見せた。にこにこして寄り添い抱きつく。あんたの体はどこも格好いい！　ぐっと抱くと憂いはなくなり、もう一度ぎゅっと抱きしめると胸の中はすっきりする。枕を並べて寝なくても、こうして前に立っていてくれるだけでいい。

『夾竹桃』――纔了蚕桑

瓜甜藕嫩是炎天、小姐情郎趁少年。紗廚鴛枕、双双並眠。顚鸞倒鳳、千般万般。小阿姐道、我搭情郎一夜做子十七八様風流陣、好像纔了蚕桑又揷田。

桑を植える

瓜はじゅくし、レンコンは柔らかくなり、燃えている。娘と彼氏は年頃だ。紗の帳に鴛鴦の枕、二人並んで横になり、上になったり下になったりで次から次へと変化する。娘が言う。「あんたに一晩中くっついて、桑を植えてから、また田植えをするように、体位を一七、八も変えて頑張るよ」

〈纔〉栽（差す）と解釈した。

〈瓜・藕〉瓜は女陰、藕は腕ではないだろうか。

『山家』巻二・私情四句――唱

姐児唱隻銀紋糸、情哥郎也唱隻掛枝児。郎要姐児弗住介紋、姐要情郎弗住介枝。

唄う

娘は「銀紋糸」を唄い、彼氏は「掛枝児」を唱う。彼氏は腰をたえず動かせと頼み、娘は止めずに突いてほしいとせがむ。

〈銀紋糸・掛枝児〉はやり唄。紋はひねる。振る。枝は突き刺す。呉音の枝と栽は発音が同じ。

一　『掛枝児』十巻は正式題名を『童痴一弄・掛枝児』という。墨憨主人編。「掛枝児」は、万暦、天啓、崇禎年間（一五七三―一六四四）に北方で流行し、南方に広まった時調（小唄）のことだ。集録されているのは四三五首。

二　『山歌』十巻は『掛枝児』の姉妹編で、正式題名は『童痴二弄・山歌』という。墨憨主人編。九巻までに「山歌」三五六首、最後の一巻に「桐城時興歌」二四首が集録されている。

「山歌」は農村、牧場、山村で野外労働をするとき、即興的に歌われる四句を主体にした短い民歌だ。中には数は少ないが長い歌もある。ここに集録されているのは蘇州地方の山歌で、約三分の一は性を直接、あるいは間接的に詠い込んだ歌だ。性器官の俗称や肛門性交も出てくる。

「桐城時興歌」は、安徽、桐城地方から流行した、同じような淫靡な民歌だ。

三　『夾竹桃』の正式題名は『夾竹桃頂針千家詩山歌』という。浮白主人編。山歌一二三首が集録されている。「夾竹桃」は曲調のことだ。山家は基本的には四句で一首だが、「夾竹桃」では一首がだいたい八句になっている。

そして、八句目は『千家詩』（南宋、劉古荘［一一八七―一二六九］編、二三巻）の中にある詩の最後の句が使われている。また「頂針」は、前の歌の最後の一字を次の歌の頭（頂）に置き、調子をつけて次々に唱う技法だ。

墨憨主人、浮白主人は馮夢龍の号である。この他、龍子猶、詹詹外史、姑蘇詞奴、香月居顧曲山人など多く号があるのは、大編輯者だったからだ。

嘉靖年間から盛んになった出版事業は、明末、蘇州に於ける印刷術の躍進をもたらす。馮夢龍はさまざまな通俗読物（短・長編小説、戯曲、民歌など）を改編、増補、集録し、さまざまな号を使い、別人の仕事のようにみせて出版したのだ。中には麻雀の手引き書まであるという。『掛枝児』、『山歌』、『夾竹桃』も集録、編纂、刊印の過程で、馮夢龍により潤色されているといわれている。

上海中華書局は残っていた民歌の本を集めて編集し、一九五九年から一九六二年にわたり、分冊にした『明清民歌時調叢書』を出版した。さらに上海古籍出版社がこの叢書の誤字を正し、検索しやすくするため目次を付け、上・下二冊にまとめた『明清民歌時調集』を、一九八六年に出版した。上巻が馮夢龍の民歌三部集になっている。

これらの民歌は大半が女性の口調で唄いかける歌だ。まだ理学の風潮が残る明末、封建的な束縛から逃れ、性の解放を求めた歌だといわれている。

〈『馮夢龍「山歌」の研究――中国明代の通俗歌謡』大木康著、勁草書房、二〇〇三年を参考にした〉

『繡榻野史』

繡榻（刺繡のついた女の寝台）の上で繰り広げられる情事を描いた口語体の小説。

梗概――揚州の秀才、姚同心は東門に住んでいたので、東門生と名乗っていた。ぶさいくな魏氏を娶る。しかし、病死する。東門生は隣りに住んでいた美貌の小秀才、一二歳年下の趙大里を家に誘い、ホモの関係を結ぶ。

数年後、二八歳の東門生は呉服屋の一九歳のきれいな娘、金氏と結婚する。よく遊びにきていた大里は金氏と仲好くなった。東門生は金氏を大里に譲る。

二人は淫楽に耽り、大里は春薬を使って頑張る。長く続きすぎ、金氏は陰部を傷める。仕方なく、女中の賽紅と阿秀を巧みに誘い、大里と関係させた。

傷を見た東門生は大里に仕返ししてやろうと思い、金氏と相談する。早く夫を亡くした大里の母親、麻氏は、まだ三三歳の美人だ。金氏が彼女を誘い出し、東門生と関係させた。その後、三人はいっしょになって淫乱に耽るようになる。東門生はさらに麻氏の女中、小嬌とも関係する。

湖州へ行って教師になっていた大里も戻ってきて、四人で入り乱れた関係になる。しかし、麻氏と金氏は無理がたたって体をこわし、死亡する。また大里も急性伝染病にかかってぽっくり死ぬ。

東門生は麻氏が雌豚、金氏が雌騾馬《らば》、大里が雄騾馬になり、苦しみを訴える夢を見る。東門生は悟り、出家して僧になった。
『繍榻野史』は大半が性の描写で、『浪史』同様、表現は大胆でこまかい。清、劉廷璣は『在園雑志』巻二で、「流毒無尽」の書だといっている。

金氏就動身要去吹滅灯火。大里忙遮住道、全要他在此照你這個嬌嫡嫡的模様児、著力撍褲、褲帯散了脱下来、便把手揑住毬皮叫道、我的心肝、我好快活、就推金氏到床辺、替他解了裙児、撍去了褲児、把両腿著実拍開、就把毬児揷進毬裏去。金氏装出羞答答的模様、把衣袖来遮了臉児、大里撍過道、我的心肝、我合你日日見最熟的、怕甚麼羞哩、一発把上身衣服脱去、脱得金氏赤条条的、眠倒在床上、皮膚就似白玉一般可愛。大里捧了金氏臉児細看道、我的心肝、我毎常見你、不知安排得我毬児硬了多少次、今日才得手哩。那時金氏興已動了、着実就鎖起来。一個恨命射進去、一個也当得起来、緊抽百数十抽、真個十分爽利。大里毬児便大泄了。金氏笑道、好没用好没用。

金氏は体を動かして、灯りを吹き消そうとした。大里は慌てて止めた。「あなたのきれいな体を、灯りで照らして見てみたい」力まかせにズボンを引っ張ったので、帯紐が千切れて下にさがった。割目をぎゅっとつまんで叫んだ。「たまらない」大里は金氏を寝台の縁に押し倒し、スカートを取ってズボンを脱がし、割って入って押し込んだ。金氏は恥ずかしそうに上着の袖で顔を隠した。大里は上着を引っ張ってのけた。「いつも会って、よく知り合った仲だよ。恥ずかしがることはないでしょう」と言って上着をそっくり脱がしたので、金氏は丸裸になってしまった。寝台の上で仰向けになっている彼女の肌は白い玉のようで、すばらしかった。大里は手で顔をはさみ、じっと見た。「愛している。いつも見るたびに立ってきて、どうしたらいいか困った。やっとものにしたぞ」金氏も燃えて締まり始めた。大里は射精させたくない。金氏もずっとこのままでいたい。緊張した雰囲気の中で抜き差しが続く。気持がよくてたまらない。大里はあっという間にいってしまった。金氏は笑った。「もうだめなの」。

話は終わらず、二回戦が続く……。

孫楷第『日本東京所見小説書目』（人民文学出版社、一九八一年）によると、文求堂、田中慶太郎蔵、明、万暦年間の刊本がある。標題は「卓吾李贄批評」、「酔眠閣憨憨子校閲」となり、眉欄に評が付され、頁の下の中央に「酔眠閣蔵板」と記されている。四巻本だ。但し、憨憨子が書いたと推定される序の終わりの部分が抜けている。

孫楷第はまた『中国通俗小説書目』（人民文学出版社、一九八二年）に、こう記している。『舶載書目』（日本、宮内庁書陵部蔵）に江籬館板本上・下二巻が出ているが、見たことがない。また上海図書館が一九一五年に出版した排印本がある。巻頭に「情顚主人著、小隠斎居士校正」と書かれ、「霊隠道人編訳」とも付記されている。

台湾天一出版社が一九八五年に出版した『明清善本小説叢刊』第一八輯に『繡榻野史』が収められている。目録には「延寿新書」という題がつけられ、上巻の頭にある題名の下には「情顚主人著、小隠斎居士校正」、下巻の同じ場所には「笑花主人録、江籬館校正」と記されている。

明刊本の各回の冒頭にある詩は削除され、一〇五則だった節目も九八則になり、節名も潤色されている。天一出版社本は上巻が五二則、下巻が四六則、但し本文中に節の見出しはない。この本は上海図書館本とは異なった、民国時代に出た排印本の影印本だといわれている。

明代の戯曲評論家、王驥徳は『曲律』巻四で長年の友人、呂天成のことに触れ、『繡榻野史』、『閑情別伝』は彼の若い頃の作だといっている。そして、現在ではこれが定説になっている。

呂天成（一五八〇?―一六一八?）は浙江、余姚の人。有名な戯曲作家で、『夫人大』、『要風情』、『纏衣帳』などの作品がある。死亡したのは四〇歳前後だから、若い二〇歳の頃は万暦二八年（一六〇〇）前後に当たる。憨憨子の序は万暦三六年（一六〇八）に書かれているから、『繡榻野史』はそれ以前の作になる。呂天成がちょうど二〇歳過ぎの頃になり、王驥徳の言葉と一致する。

『国色天香』

明、万暦時代の刊本が日本、内閣文庫の中に残存していた珍しい類書。当時、人気の高かった情愛小説を主にし、戒言、書簡、論賛、裁判記録、笑話、詩歌などを集めた通俗読物である。文言に白話を加えた読みやすい文体になっている。

「天縁奇遇」――元の時代、呉の美貌才子、祁羽狄の女遍歴物語。月夜に仙女、玉香と一夜の契りを結ぶ。再会を約束し、禍いを除く玉の簪をもらう。

その後数多くの美女と関係を持つ。命をねらわれる危ない目にも遭うが、運よく難を逃れて会試に合格し役人になる。奸臣、鉄木達児に地方へ反乱を平定しにやられるが、見事に務めを果して凱旋した。

祁生が以前親しかった女数人は宮女にされていた。皇帝はその女たちを祁生に与えた。出世して左承相になり、宿敵、鉄木達児を倒す。郷里に帰り一二人の美姫「香台一二釵」と百余人の侍女「錦綉百花屏」に囲まれて、楽しい生活を送る。

仙女、玉香からもらった仙丹を皆とのみ、美姫たちを連れて仙人になる修行をしに玉香のいる終南山に入った。その後はどうなったか分からない。

以前関係があった廉参軍の娘、玉勝は竹家へ嫁ぐが、祁生が忘れられず家へ招く。これは祁生が、玉勝の夫、竹副使の妾、験紅とその娘、暁雲の二人を相手にして浮気をする場面だ。

生別勝往見紅、即索雲。紅戯曰：先謝媒、方許見。生自指心、曰：以此相謝、何如？　紅即挽生入後軒。雲果対鏡独坐、見生至、低首有羞態。紅乃携雲手附生。生執其手、温軟玉潔、狂喜不能自制、乃与紅翼雲同就寝所。生為雲解衣、而紅亦自脱綉、三人並枕。及生之着雲也、雲年少不能勝、喃歯作疼痛声状。紅憐雲苦、乃捧生過、以身就之；見雲意少安、生興少緩、則又推生附雲、欲生之畢事于雲也。及雲力不能支、則紅又自納以代之、雲難而紅便、一枕悲歓、或紅而或雲、両岐風月。

祁生は玉勝と別れて験紅に会いにいった。実を言うと暁雲を捜していたのだ。紅はふざけて言った。「取り持つわたしにまずお礼をしてくれたら、会わせてあげます」祁生はどうしようかと思った。「いっしょにお礼をさせてもらうのはどうだろう」すると紅は祁生の手を引いて裏の小部屋へ連れていった。雲がひとりで鏡の前に座っていた。祁生を見ると、恥ずかしそうに下を向いた。紅は雲の手を取り、祁生の方へ寄せた。祁生が握ると温かくて軟らかい。きれいな手だった。うれしくて抑えられなくなり、紅と雲を両手に抱いて寝台に入った。雲の着物は祁生が脱がした。紅は自分で脱いだ。三人は頭を並べて横になった。祁生は雲に乗りかかった。若い雲は初めての体験だった。痛いのでこらえきれず、歯を食いしばって声をもらした。紅はかわいそうになり、祁生を引き下ろして自分の上に乗せた。しばらくすると雲は少し落ち着き、祁生の興奮も少しおさまったので、また雲の方へ押しやった。最後までやらせてやろうと思ったのだ。しかし雲が我慢できなくなると、紅はまた代わって引き受けた。あちらがもたなくなるとこちらへ移り、一つの床で紅かと思えばまた雲といったぐあいに祁生は鶯の谷渡りを楽しんでいた。

当時は母と娘が好きになった男といっしょに寝ても不自然でなかった。性愛は自然で道徳は入り込んでいないことが分かる。世の風潮がそうだったのだ。

全十巻。題簽は不明。刻公余勝覧国色天香と記された序の末尾に、万暦丁亥（一五八七）夏九紫山人謝友可譔于万巻楼と書かれている。次に新鍥公余勝覧国色天香と記された目録があり、本文に入る。本文は上・下段に分かれている。一巻目の内題は新刻京台公余勝覧国色天香、そして下段の冒頭に撫金養純子呉敬所編輯、書林万巻楼周対峰綉鍥と記されている。また二巻目以降の内題は新鍥幽閑玩味奪趣群芳となり、下段の編者と版元の標記は同じだ。

序を認めた九紫山人こと謝友可、そして編者、養純子こと呉敬所についてはどんな人物か不明。撫金は撫州金渓県（江西省）の略ではないかといわれている。京台公余勝覧国色天香は、どうぞ公務の余暇にこのすばらしい国色天香をご覧くださいという都の士大夫に対する宣伝だ。

一〇巻の最後、上段に万暦丁酉（二五年・一五九七）春金陵書林周氏万巻楼重鍥と標記されている。万巻楼は周対峰が金陵（南京）で経営していた書店だということが分かる。

一、上段

一巻「珠淵玉圃」出世に役立つ訓戒。二巻「捜奇覧勝」詩詞類。二・三巻「戞玉奇音」歌類・賦類。三巻「快睹争先」論・文・書類。四巻「士民藻鑑」楽府や訓戒。「規範執中」士大夫が立身出世するための規範。五巻「名儒遺範」儒家の教え。六巻「山房日録」供述書など犯罪記録。「台閣金声」出世を目指す者が行わねばならぬ事。「資談異語」人と上手に接する法。「修真秘旨」不老長寿になる仙人の秘術。七巻「客夜瓊談」勧善懲悪の実録。

この後の三巻には小説、伝記などが一五篇収められている。

八巻「古杭紅梅記」、「想思記」、「蝦蟆吐丹記」。九巻「金蘭四友伝」、「郭集」、「筆弁論」、「虬鬚叟伝」、「俠婦人伝」。十巻「張于湖伝」、「続東窓事犯伝」、「清虚先生伝」、「麗香公子伝」、「飛白散人伝」、「玄明高士伝」、「風流楽趣」。

二、下段（小説七篇）

一巻「龍会蘭池録」。二・三巻「劉生覓蓮記」。四巻「尋芳雅集」。五巻「双卿筆記」。六巻「花神三妙伝」。七・八巻「天縁奇遇」。九・十巻「鍾情麗集」。

『金瓶梅』

北宋、徽宗の時代の物語。山東の一都市の豪商で役人、西門慶と女たちの色と欲、そしてその報いが描かれている。白話体、一〇〇回の長編（章回）小説。天下に名高い淫書だ。

作者は笑笑生（筆名）。嘉靖から万暦の初期に書かれたと推定されている。万暦中期（一五八二—一六〇二）には、既に写本として伝わっていたことが、袁中道の日記『游居柿録』、袁宏道の手紙、そして沈徳符『野獲編』などから分かる

版本は多いが「万暦本」（「詞話本」ともいう）と「崇禎本」の二系統に大別される。

一　万暦本（三種類）

イ『新刻金瓶梅詞話』——一九三二年、山西省で見つかり、北京図書館の蔵本になる。抗日戦争中、アメリカ議会図書館に寄贈。その後台湾に移り、現在は台北、外双渓、中華民国国立故宮博物院が保管。第五二回の七、八頁が欠落している。

ロ『新刻金瓶梅詞話』——一九四一年に所在が判明した日光、輪王寺慈眼堂所蔵の版本。

ハ『新刻金瓶梅詞話』——一九六二年に所在が判明した徳山、毛利家棲息堂所蔵の版本。

小野忍氏は、小野忍・千田九一訳『金瓶梅』上（平凡社、一九七二年）の解説でこういっている。イとロの版は同じだ。ハは第五回、最後の二頁が違う。板木が紛失、或は破損したのを『水滸伝』で補ったのだろう。現存する最古の版本イは、初版かどうか不明。初版は万暦三八年（一六一〇）頃だという説もあるが、万暦四五年（一六一七）以降だと考えたい。

万暦本には序と跋、そしてもう一つ序が付いている。冒頭の詞話序の末尾には「欣欣子書于明賢里之軒」、そして跋の末尾には「廿公書」、また次の金瓶梅序の末尾には「万暦丁巳季冬東呉弄珠客漫書於金閶道中」と記されている。

欣欣子の序は〈万暦本〉にしか付いていない。蘭陵の笑笑生の名がでているのは、この序の冒頭だ。欣欣子は笑笑生の友人、或は同一人物だろうといわれている。廿公はどんな人物か不明。万暦丁巳《ていし》は四五年（一六一七）。東呉は蘇州。弄珠客は馮夢龍ではないかという説もあったが、今では否定説のほうが強い。

二　崇禎本（四種類）

イ『新刻繍像批評金瓶梅』——北京大学図書館蔵。一〇〇頁二〇〇幅の挿絵（繍像）。

ロ『新刻繍像批評金瓶梅』——天理大学蔵。塩谷温氏旧蔵。一〇〇頁二〇〇幅の挿絵。

ハ『新刻繍像批評金瓶梅』——内閣文庫と東京大学東洋文化研究所蔵。長沢規矩也氏旧蔵。五〇頁一〇〇幅の挿絵。

ニ『新刻繍像批評金瓶梅』——首都図書館（旧称北京市図書館）蔵。五〇頁一〇〇幅の挿絵。

崇禎本には東呉弄珠客の序しかない。

万暦本と崇禎本のその他の相違点。

一　万暦本――元曲の用語を使い、明代の作品でないようにみせかけている。山東方言が多い。第一回から第六回まで、武松の虎退治の話から、西門慶が潘金蓮に夢中になり、王婆さんに仲を取り持ってもらい、亭主の武大を毒殺するまでの筋は、『水滸伝』第二三回から二六回までとほぼ同じで、文章もそのままのところがある。評点と挿絵はない。散文の中に詞と詩がまじり、各回の末尾に「且聴下回分解（それでは次回をお楽しみに）」という言葉が付いている。即ち、説唱（歌入り講談）本だ。一〇巻。

二　崇禎本――山東方言を取り除き、簡潔に書き変えられている。筋の異なる部分が三個所ある。第一回武松の虎退治は、西門慶が応伯爵や謝希大たち取り巻き連中九人と義兄弟の契りを結ぶ話になっている。第五三・五四回は大部分が異なっている。第八四回、『水滸伝』第三二回から転用された呉月娘が青風山で強盗に捕えられ、宋江に助けられる話はない。挿絵と評点がある。詞と詩は三分の二がけずられ、説散本（歌のない講談）にされている。それで題が『繡像批評金瓶梅』になっているのだ。二〇巻。

この他に清初、順治・康熙時代、江蘇・徐州、彭城の人、張竹坡（本名不明）が「崇禎本」に評点を付け加えた『皐鶴堂《こうかく》批評第一奇書金瓶梅』がある。謝頤の序の末尾に「康熙歳次乙亥清明中浣秦中覚者謝頤題于皐鶴堂」と記されている。乙亥《いつがい》は康熙三四年（一六九五）に相当する。中浣は中旬、秦中は陝西省。また張竹坡は第一回の前に、「竹坡閑話」、「第一奇書非淫書」などの論文も付け加えている。

清の時代、地下本として一番出回ったのがこの本である。さまざまな版があり題もまちまちだが、「第一奇書」という字が入っている。それで乙亥本の系統は通称「第一奇書本」、或は「張評本」と呼ばれている。

作者、蘭陵の笑笑生は誰なのだという説はたくさんあるが、今だに定説はない。蘭陵という所は、北（山東省嶧県）と南（江蘇省武進県）にある。「万暦本」では山東の方言が使われている。しかし、呉語と江南地方の物の名も少なくない。作者を本籍から割り出すのは困難だ。

明、沈徳符が『野獲編』で「聞此為嘉靖間大名士手筆」と書いたものだから、嘉靖の進士、王世貞の説が生まれ、一時は定説化しかけた。しかし、一九三四年、呉晗が『金瓶梅的著作時代及其社会背景』を発表し、王世貞説は取り消された。

また薛応旂、趙南星、李漁など説は数多くあったが、どれも決定的なものではなかった。現在もこの研究は続けられ、李開先、賈三近、屠隆などの名前が上がっている。また複数者での創作説もある。笑笑生はいったい誰なのか謎は解けていない。

『金瓶梅詞話』

物語の舞台は北宋、第八代皇帝、徽宗（在位一一〇一―一一二五）の時代、首都東京《とうけい》に近い山東省清河県である。一一一二年から一一二七年まで、一五年間の出来事が一〇〇回に分けて語られている。

主人公は薬屋の二代目の旦那、西門慶。西門が名字である。役人と結託して商売を広げ、質屋、呉服屋、糸屋を開く。更に提刑所（刑務所）の長官になる。淫蕩の限りを尽して腎虚になり、三三歳の若さで死亡する。

夫人は死亡した二人を加えると全部で八人。最初の夫人、陳氏は病気で死亡。娘、西門大姐を残す。清河県左衛、呉千戸の娘、月娘を後妻にもらい正夫人にする。千戸は一〇〇〇人の兵を部下に持っている武官。西門慶が死んだ日、月娘は次男の孝哥を産む。実は西門慶の生まれ変わりだったことが、全十巻、最後の一〇〇回で分かる。

第二夫人はもと妓女の李嬌児。西門慶の死後、提刑所の長官になった張懋徳《ぼうとく》の妾になる。

第三夫人、卓丟児は病死。その後釜に座ったのが呉服屋の未亡人、孟玉楼。西門慶の死後、県知事の息子、李拱璧に嫁ぐ。

第四夫人は最初の妻、陳氏の女中だった孫雪娥。最後は落ちぶれて妓女になり、三四歳で首を吊って死ぬ。

第五夫人の潘金蓮は仕立屋の娘、三寸金蓮（纏足）の淫婦。西門慶と通じて亭主、武大を毒殺し、西門家へ入り込む。西門大姐の夫、陳経済と密通する。西門慶の死後、取り持ち婆さん、王婆の所へ売られ、武大の弟の武松に殺される。三二歳だった。

　金蓮と最初に関係があったのは、清河県の金持ち張大戸。買われて女中になり関係ができる。その後、武大、西門慶、陳経済、玉楼の小僧の琴童、そして王婆の息子の王潮。以上六人。

　第六夫人は西門慶の隣の家、花子虚の妻だった李瓶児。塀に梯子を掛けて西門慶を呼び込み密通する。花子虚の死後、医者の蔣竹山としばらくいっしょになる。しかし、別れて西門家へ入る。長男、官哥を産む。官哥は金蓮にいじめられて死ぬ。病気になり、二七歳で死亡。

　西門慶は夫人のほかに女中や番頭の女房、そしてまた男とも関係している。

　女中——蘭香（玉楼）、春梅（金蓮）、迎春、綉春（瓶児）。括弧内は主人。

　乳母——如意児（瓶児）。

　番頭の女房——葉五児（賁地伝）、王六児（韓道国）。

　下男のかみさん——宋恵蓮（来旺）、恵元（来爵）。

　役人、王招宣の未亡人、林太太。

　以上、女は一〇人。ホモ関係は小僧の書童と王経の二人。

　春梅は女中でも、金蓮、瓶児と並んで本の題名になっている特別の女だ。西門慶の死後、守備府の長官、周守備の妾になる。その後、正夫人におさまる。

　身寄りのない金蓮が殺されたとき、埋葬してやる。しかし、昔いじめられた雪娥を女中に買い取って復讐する。月娘が下男の玳安とできているという嫌疑をかけられたとき、周守備に頼んで助ける。周守備の死後、下男の息子、周義と密通の最中に死亡。二九歳だった。

金の大軍が清河県にも押し寄せてきた。大混乱になる。月娘は難を避け、呉二舅（二番目の兄）、下男の玳安といっしょに一五歳の孝哥を連れ、雲離守を頼って済南府へ向かう。雲離守の娘と孝哥は許嫁だったからだ。

途中で雪洞禅師と偶然出会い、永福寺に泊まる。夜、西門慶、金蓮たちの亡霊がつぎつぎ現われた。雪洞禅師に救われ、新しく生まれ変わっていった。孝哥は出家して雪洞禅師の弟子になる。

金軍が清河県から引き揚げたので、月娘たちは家に引き返す。玳安に西門家を継がせることにした。月娘は七〇歳まで生きる。平素から善行を積み、お経を上げていた報いだと結ばれている。

第八回、毒殺した亭主、武大の法事の場面。坊主たちは昼になると、ひと休みしに寺へ帰った。

婦人正和西門慶在房裏飲酒作歓。原来婦人臥房正在仏堂一処、止隔一道板壁。有一個僧人先到、走在婦人窓下水盆裏洗手、忽然聴見婦人在房裏顫声柔気、呻呻吟吟、哼哼唧唧、恰似有人在房裏交姤一般。于是推洗手、立住了脚、聴夠良久。只聴婦人口裏喘声呼叫西門慶：「達達、你休只顧碾打到幾時、只怕和尚来聴見、饒了奴、快些丟了罷！」西門慶道：「你且休慌、我還要在蓋子上焼一下兒哩！」不想都被這禿廝聴了個不亦楽乎。落後衆和尚都到斎了、吹打起法事来。

金蓮は西門慶と部屋で酒を飲み、いつもの楽しみを始めていた。そこは彼女の寝室で、なんと仏を祭った部屋とは板壁一枚で仕切ってあるだけだ。坊主が一人、先に戻ってきた。女の部屋の窓の下へ行き、鉢の水で手を清めようとした。すると部屋の中から乱れた息づかいに続いて、「あっ、ああ……」という声が聞こえた。――やっているようだ！　坊主はそのまま手を洗うふりをして、じっと聴き耳を立てた。せつない声で西門慶の名を呼んであえいでいる。しばらくすると女が言った。「お父さん、これくらいにしましょう。坊さんが戻ってきたら聞こえるわ……かんにんして……早くいってちょうだい」「あわてるなよ。これからどてにちょっとお灸をすえなくちゃ……」二人はまさか坊主が聴いているとは露知らず、愛の印の灸を楽しんでいた。いやはやたまったものではない。やがて坊主たちはみなそろい、笛を吹き銅鈸《どうはつ》を鳴らして法事が始まった。

『艶異編』正・続集

唐から明初までの志怪・伝奇・小説の中から、男女の艶事と神鬼妖怪・冤魂冥報などの異事を選び出して編纂した短編物語集。正集（四〇巻）三六一篇、続集（一九巻）一六三篇。

正集（巻一七）幽期部一、元微之の古艶詩詞より。「古決絶詞」三首の三。

夜夜相抱眠　幽恨尚沈結　　毎晩抱きあって寝ていても　恨みはまだなくならない

那堪一年事　長遣一宵説
但感久相思　何暇暫相悦
虹橋薄夜成　龍駕寝晨列
生憎野鵲性遅回　死恨天鶏識時節
曙色漸曈曨　華星次明滅
一去又一年　一年何時徹
有此迢遞期　不如死生別
元公隔是妬相憐　何不便教相決絶

一年の耐えがたい事を　一晩中話してうさを晴らす
つのりつのった思いがあるだけで　打ち解けて悦びあう暇《いとま》がない
虹橋は薄れて夜になり　龍駕は寝て東南東に列《つら》なる
憎んでいる野鵲は思い切りが悪く　恨みを殺した天鶏は時機を知っている
夜が白みだんだん明るくなり　星の輝きは次つぎ消えてゆく
あっという間にまた一年がきて　いつになったら終わるだろう
離ればなれになっているのなら　死んだほうがましだ
天はこうして二人の恋を妬み　なぜだか別れさせようとしない

〈元微之〉元稹（七七九―八三一）『鶯鶯伝』の作者。「古決絶」は若い頃の恋情詞。
〈竜駕〉星座？

初刻本は散佚、現存する早期の版本は明刊本である。巻首題は「正続艶異編」。題は「新鐫玉茗堂批選（評）王弇州先生艶異編」。序の末尾に「玉茗居士湯顕祖題」と記され、文中に「戊午天孫渡河後三日」に書いたと明記されている。戊午は万暦四六年（一六一八）に当たる。

王弇州《えんしゅう》は明の文学者、王世貞（一五二六―一五九〇）のことだ。字は元美、号は鳳州または弇州山人。太倉（江蘇州）の人。嘉靖二六年（一五四七）の進士。刑部主事。按察使などの職に就くが、奸悪な権力者に落とし入れられ官職を棄て古里に帰る。しかし、その後復帰し最後は南京刑部尚書になった。

文学の分野での活躍は目覚ましく、「後七子」の領袖として二十余年にわたり文壇の花形になり、李攀龍と並んで「王李」と呼ばれた。『弇州山人四部稿』、『弇山堂別集』などの著書がある。

また湯顕祖（一五五〇―一六一七）は、万暦一一年（一五八三）の進士。玉茗堂は江西省臨川県、沙井巷清遠楼にあった書斎。劇作家としても活躍した人物だ。

李夢生は『中国禁毀小説百話』（上海古籍出版社、一九九四年）で、こう述べている――徐朔方は『古本小説集成・艶異編』の前書きでこういっている。湯顕祖は戊午より前に死亡しているから、『艶異編』の序文を書いたというのはおかしい。また題の「玉茗堂批選」も疑わしい。「玉茗堂摘評」と書かれた明刊偽作本、正続一二巻と一九巻が流布している――明、呉大震編『広艶異編』の凡例にこう記されている。勝国（元朝）のすぐれた儒学者や弇山（王世貞）たちが、「枕中之秘」を書架に並ぶ本にした。しかし、王世貞が最初から編纂したのではない。元朝の名儒が編集したものを整理して翻印したのだ――『艶異編』は、嘉靖四五年（一五六六）より少し前に編纂されたと思われる。

内容は唐宋伝奇、稗宮野史、詩詞曲賦、その他文学作品の中の物語だ。全体の約七割は、北宋、李昉たちが編纂した類書『太平広記』から選ばれている。また宋、廉布『清尊録』、洪邁『夷堅志』や、元、夏伯和『青楼集』、さらに明、瞿佑『剪灯新話』なども出典になっている。
例えば「迷楼記」、「大業拾遺記」は正集巻九の宮掖部五。『金史』嬖幸伝から選ばれた「金廃帝海陵諸嬖」は同巻一四の宮掖部十。そして「嬌紅記」は同巻一九の幽期部三に収められている。中には散佚した原典の一部分が残っていて、出典が不明な作品もある。
分類と排列方法は『太平広記』に倣い、正集は星・神・水神など一七部（項目）、続集は神・龍神・仙など二三部になっている。内容は題名のとおり、艶と異の二つに大別される。

艶
宮掖部――歴代皇帝の後宮生活。
戚里部――名臣と貴族の淫逸な生活。
幽期部・情感部――民間の男女の情愛。
妓女部・男寵部――歴代著名な妓女、男妃の伝記。

異
星・神・水神・龍神・仙などの部――神仙物語。
鬼・妖怪・夢游などの部――鬼怪物語。
鱗介・器具・珍奇・禽・昆虫・獣・草木などの部――物の怪物語。
冥感・定数・冥迹・冤報などの部――因果応報物語。

『艶異編』は種本にされ、後世の小説、戯曲に大きな影響を及ぼしている。

尚、明、万暦の人、呉大震は『艶異編』は宮掖部だけで十巻もあり、分類が不適切で繁雑だとして整理、補足し二五部にまとめた。これが『広艶異編』だ。

『艶異編』は王皇貴族の淫逸な生活、妓女と男妃の伝記が役人の目に触れ、清、道光一八年（一八三八）江蘇当局、同二四年（一八四四）浙江当局、そして同治七年（一八六六）江蘇巡撫、丁日昌が定めた禁毀書目録に入っている。

『春夢瑣言』

唐、張鷟『遊仙窟』に似た文語体の伝奇小説。

梗概――仲璉は浙江は会稽、富春の美男子だ。富春といえば呉越では名勝の地、山は青くて水は清く、美しい女も多い。みな仲璉に思いを寄せていた。ところが彼の楽しみは山歩きで、花や草木が大好きだったのだ。

春めいた日、仲璉は待ちかねて山へ出かけた。見慣れない洞穴を抜けると、青い空に山が連なった絵のような世界が広がっていた。川沿いの道をたどっていくと屋敷があった。

美しい女、李姐と棠娘が大勢の小間使いにかしずかれて住んでいた。李姐は二〇歳過ぎ、棠娘はまだ二〇歳前だ。仲璉はもてなされ、晩餐の宴になる。詩を交わし、歌を唱う。そして、二人の女と一夜をともにすることになる。

最初は李姐、それから棠娘、再び李姐と続いてなかなか終わらない。「鼓盪全炉《ふいごあおり》」、「宝觽解結《もつれどき》」、「鸞刀割肉《にくさきがたな》」、「仙鶴啄玉《つるのついばみ》」、「就地飲泉《みずのみ》」といった、珍しい名称の性の技巧が出てくる。

空が白み始めたとき、杜鵑《ほととぎす》が鋭い声で鳴いて屋根の上を飛ぶ。仲璉ははっと我に返る。よく見ると李《すもも》と海棠の樹の間にある石にもたれていた。

女たちの姿はどこにもない。仲璉は夢だったと気付く。どちらの樹も花は満開だ。あの美しい二人は李と海棠の精だったのだ。立ち去ろうとすると風が吹いてきて、仲璉に紅と白の花が降りかかった。

それでは話を戻して原文を紹介しよう。晩餐の宴が終わる。七宝の寝台が用意され、周りに屏風が立てられた。

仲璉は明かりを消して横になった。目がさえて眠れない。そのとき李姐と棠娘が入ってきた。一人では寂しいだろう。中へ入れてほしい。いっしょに楽しく過ごしたいと李姐が言った。仲璉は礼儀にはずれたことは出来ないと断る。

李姐挙手褫被曰、君已以単陽処群陰中、雖不媾情合肌、無乃為不犯礼歟。何以五十歩笑百歩之為。顧謂棠娘曰、楽只君子以為汝福。棠娘低頭含羞不克進。李姐放言曰、痴児春宵不俟人。遅廻那為。已入崑崙、豈応空手而返乎。芳華先着鞭耳。乃脱衣唐突入仲璉之懐。翼張両膝、正見題毛巻縮。類獅茸。

李姐はさっと布団を取ってしまった。「あなたは、もう女の中に男一人でいるのですよ。好きになり、肌を触れ合うことはたとえしていなくても、礼儀知らずじゃないかしら？　五十歩百歩でしょう」棠娘の方を見て「さあ、君子が喜んでお待ちよ。あなたは幸せな人ね」と促した。棠娘はうつむき、恥ずかしそうにじっとしていた。「ばかね！　春の宵はあっと言う間に過ぎてしまうわ。なにをぐずぐずしているの。もう崑崙山の中にいるというのに、手ぶらで帰ることはないでしょう。それなら、私が先にするだけだわ」李姐は着ている物を脱ぎ、さっと仲璉の懐に身を寄せた。鳥が羽をひろげるように、股をぱっと開いた。下腹の毛が仲璉のすぐ目の前にあった。縮れている。獅子のふさふさした、やわらかい細い毛のようだ。

〈崑崙山〉中国の西方にあるといわれる伝説の山。宝玉を産し、仙女、西王母が住んでいるという。

オランダ人の外交官で漢学者、R・H・ファン・フーリック氏（中国名、高羅佩、一九一〇―六七）が日本で写本を見つけ、一九五〇年、東京で二〇〇部限定の私家版（活字印刷）にして世に出した。冒頭に英文の紹介文がある――ここに出版した『春夢瑣言』は、中国の艶情小説の中ではとりわけ短い小編物である。日本の書籍収集家が山積みにしていた本の中から見つけた。彼とは親しい間柄なので、了承を得て出版する運びになった――本に著者名はない。よくあることだが、書き写した日本人も由来書き、つまり名前と写し終えた年月日を記入していない。表紙の装訂に使われている紙から判断して、徳川時代後期、一八〇〇年代のものだと推定される（訳は筆者）。

序文の末尾に「崇禎丁丑春二月援筆于胥江客舍。沃焦山人撰」と記されている。沃焦山人が胥江にしばらく滞在していたときに認めたことがわかる。

明、崇禎丁丑は一六三七年だ。胥江は広東省、三水の北にある地名。ところが蘇州を指すこともあるから、どちらか不明。沃焦山人もどんな人物かわからない。

沃焦山人は序文の終わりに、「この作品の筆者は胡永禧という宦官だという人がいる。しかし、真偽のほどはよくわからない」と書いている。この胡永禧という人物についても不明だ。

ファン・フーリック氏の私家本の他に、写本が一種類、版本が三種類ある。

太平書屋蔵、明治時代のものだと推定される写本。太平書屋『春夢瑣言』（ファン・フーリック私家本の影印。太平主人の読み下し文、坂戸みの虫の訳。一九八九年）。鬼磨子書房『春夢瑣言・春鸞拆甲』（中国風流小説叢書・第五輯。上田市立図書館蔵、花月文庫、抄本の影印。一九七九年）。中国、山東省済南、斉魯書社『明清稀見小説叢刊』（苗深等標点。ファン・フーリック私家本を底本にした活字版。一九九六年）。

写本は字の違いが少しある程度で、内容は同じだ。今後、また新しい写本が見つかる可能性はある。しかし、写本の底本になった版本は、おそらく散佚しているだろう。

ファン・フーリック氏は紹介文の終わりに、こう記している――『春夢瑣言』は一幕物のような短い春本だが、話の筋はなかなかよく出来ている。文も詩もすばらしい。この種の中国文学の中では傑作だといえるだろう。

『浪史』

『金瓶梅』は別格として、『肉蒲団』、『繡榻野史』と並び評される色情小説。性の描写は大胆でこまかい。

梗概——元、至治年間の物語。銭塘の一八歳の秀才、梅素先は女好きで浪子（放蕩息子）といわれていた。両親を続いて亡くす。清明節に郊外で、墓参りに行く王監生の美しい夫人、二十歳余りの李文妃を見かける。気心が通じ、髪結いの張媽媽に仲介役を頼んで浮気の約束をした。

趙大娘は李家の裏隣に住み、裏門の番をしていた。浪子は文妃の女中、春嬌に金を持たせて大娘に頼み、彼女の家でこっそり文妃と会う。二ヵ月後、王監生がいたので文妃と会えず、大娘と関係する。さらに大娘の手引きで、一五歳の大娘の娘、妙娘ともできてしまう。

浪子はその後、女中の春嬌、それから文妃の義理の姉、潘素秋とも深い仲になる。しかし、素秋はやがて無理がたたって死亡する。

浪子は家の小僧、陸珠とホモの関係にあった。また浪子の妹、俊卿も兄が家にいないと、陸珠とこっそり遊んでいた。しかし俊卿はそのうちに嫁にいってしまう。

王監生は風邪と房中過度が重なり、死亡する。浪子は文妃と結婚し、隣の部屋に陸珠を住まわせた。

文妃も陸珠を好きになり、浪子がいないと遊んでいた。三人で交わるときもあったが。陸珠は遊びがたたって死亡する。

その後、浪子は幼な友達の鉄木朶魯に誘われ、濠州へ行く。二二歳の夫人、安哥、さらに妾の桜桃と文如にも心を動かされて関係を結ぶ。鉄木は財産と女たちを浪子に譲り、修行するため山に入ってしまった。浪子は銭塘へ帰り、文妃を連れて再び濠州へ戻る。

二年後、浪子は科挙に合格、進士になる。しかし病だと偽り、役人にならず家にとどまった。二人の夫人、七人の妾、一一人の侍女に囲まれ、一年中楽しい毎日を送っていた。人は彼を地仙と呼んだ。

ある日、浪子は隠生する決心をして金銀財宝を船に積み、女たちを連れて鄱陽湖を渡って山へ入った。途中で仙人になった鉄木が迎えにくる。浪子も修行を積んで石湖山主と号し、また二人の夫人も石湖山君と称して仙人と仙女になった。

第五回――両個扭扯拽拽只得脱了、露出一件好東西。這東西豊厚無毛粉也似白。浪子見了麈柄直竪約長尺許也。脱得赤條條的婦人道好張大卵袋到毬裡去、不知死也活也不知的有趣也。両個興発難当、浪子把文妃抱到床上去、那婦人仰面睡下双手扶着麈柄、推送進去。那裡推得進去。你道怎的難得進去。第一件文妃年只十九歳、畢姻不多時。第二件他又不曾産過孩児的。第三件浪子這卵児又大、因這三件便難得進去。又有一件那浪子卵雖大却是繊嫩、不比一分不移的。当下婦人心痒難熬、望上着実両湊、挨進大半、戸中淫滑白而且濃的汎溢出来、浪子再一両迭直而深底、開不容髪戸口緊緊箍住、卵頭又大、戸内塞満没有漏風処。文妃幹到酣美之際、口内呵呀連声、抽至三十多回、那時陰物裡芻了一席。這不是濃白的了、却如鶏蛋清更煎一分胭脂色。婦人叫道且停一会。

仕方なく二人は体をよじり、着物を引っ張って脱ぎ、丸裸になった。彼女の物はふっくらしていて毛がなく、白っぽいピンク色をしている。浪子の麈柄はぴんと立った。一尺ほどある。丸裸の婦人がいった。「そんなに大きなのを入れたら、どうなるかわからない。でも、どんな感じがするかしら」。二人は興奮していた。浪子は文妃を寝台に抱いていった。文妃は仰向きになり、麈柄を両手で持って当てがい、入れようとした。入らない。どうしてだとお思いだろう。文妃はまだ十九歳、結婚してあまりたっていない。子供を産んだ経験がない。それと浪子の陰茎が大きかったからだ。それだけではなく、柔らかくてしなやかだったから、思うようにならなかったのだ。文妃は辛抱できず、ぐっと腰を上げて押しつけた。すると大半が入り、中からどろっとした白い液があふれ出た。浪子はさらに一、二回押し込み、毛際を残さず奥まで入れた。とば口がぐっとしまった。亀頭が大きいのでいっぱいになり、空気が入るすきまはない。文妃はたまらず、「ああ！」と連けて声をもらした。三〇回余り抜き差しすると、中から前と違った、卵の白味が少し固くなったような赤っぽい液が出てきた。文妃は「ちょっと待って。頭がぼうっとする」と叫んだ。

この場面はまだ延々と夜明けまで続いている――。

孫楷第『中国通俗小説書目』（人民文学出版社、一九八二年）にこう記されている――日本に『浪史』

の写本が残っていた。また嘯風軒刊の大字本もあり、題名は『巧姻縁』になっている。さらに千葉掬香蔵の嘯風軒刊、小本がある。この題名は『浪史奇観』。中国には清末、京報房が刊行した活字本がある。この題名は『梅夢縁』。また上海書局が刊行した組版本もある。

作者の名は風月軒入玄子と記されている。どんな人物か不明。「情」の捉え方は、馮夢龍《ふうぼうりよう》（一五七四―一六四六）が『情史類略』の序で述べている「情」という字についての論考とよく似ているので、同時代の人物だろうと推定されている。

口語体、四〇回の物語。本文の前に作者の自序と凡例（四則）、文末に主な登場人物一〇人の寸評、「花案」七則と入玄子と作者名が記された跋が付いている。

凡例の中で、この本はおそらく元代の人の作だろう、『西廂記』と文情絶韵が似ていると書かれている。しかし、文章と内容から判断して明らかに元の時代の作品ではなく、『金瓶梅』以後、明末の作品だと考えられるといわれている。

『禅真逸史』

六世紀、南北朝時代を舞台にした、口語体の通俗演義小説。旁門左道（邪道）や神仙幻術がたくさん出てくるので、神魔小説だともいわれている。

梗概――東魏、鎮南将軍、林時茂は奸相、高歓の子、高澄を農民に危害を加えたかどで処罰したため迫害されて出家する。号は澹然。梁、武帝に見出され、健康府妙相寺の副主職になる。主職の鍾守浄は民間の婦女、黎賽玉と私通していた。澹然は諌めたが聞かず、武帝に東魏と通じていると嘘の密告をする。澹然は逃げたが、追手に捕えられて牢屋に入れられてしまう。杜成治に助けられ、東魏へ逃れた。家捜しされた成治は、驚きのあまり心臓麻痺で急死。妾に遺子、杜伏威がいた。

澹然は狐の化物に取り憑かれた、張太公の子を助ける。敗けた狐は澹然に天書三巻を渡した。修仙煉道に励み、降龍伏虎の術を修得する。

その後、林苗龍、李秀、薛志義と仲間になり、妙相寺に火をつけて鍾守浄を殺す。砦は官軍に攻められ、李秀と薛志義は戦死、苗龍は澹然の所に救援を求めにいき難を逃れた。

澹然は薛志義の子、薛挙、張太公の孫、張善相、そして杜伏威を育てて兵法、武芸を教えた。三人は力を合わせて兵を挙げ、梁軍に大勝する。

北斉は三人を西蜀の諸侯に封じた。杜伏威は傅舜華、張善相は琳瑛、薛挙は姉蜚仙と結婚する。時代は隋に移り、三人は王に封じられる。唐の時代になると、子供たちに位を継がせ、峨眉山で修行を続けている澹然を慕って入山し、登仙したという。

西蜀南平府、縉雲《しんうん》山の麓に禅真宮が建てられた。澹然、杜伏威、薛挙、張善相四人の像が祀られている。

第七回――這個道房中忽現活観音。那個道今日遭逢真地蔵。這個道你横口窄窄、竪口因甚稍寛。那個道你上髪光光、下髪緑何不剃。這個道你入在我圏套、我入在你圏套、也交得知。那個道我陥在你坑中、你陥在我坑中、還宜仔細。這個説一番、興高情動、那管擺折菩提、那個笑一会、意乱心迷、不惜滴枯甘露。這個道千朝毎日、蛇瘟不似你纏長。那個道百味珍饈、怎比娘行滋味美。当時鍾守浄黎賽玉両人交合之際、説不尽綢繆態度、正謂乾柴逢烈火、久旱遇甘霖。這鍾守浄是未経女色的長老、那黎賽玉是好風流的婦人、直至力倦神疲、方得雲収雨散。

「突然、部屋に活きた観音さんが現われた」「今日、本当の地蔵さんにめぐり会いました」「上の口は小さいのに、下の口はどうして大きいのだ?」「頭はつるつるなのに、下の毛はなぜ剃らないの?」「あなたは罠にかかり、わたしは罠(陰門)にはまった。それでこれができたのだ」「わたしは騙されて穴に落ち、あなたはわたしの穴に落ちたのです。注意したほうがいいですよ」男はだんだん高まってきた。菩提(精液)が出てしまいそうだ。女は笑った。同じようにどうにかなりそうだ。甘露(陰液)を全部出しても惜しくない。「蛇瘟(賽玉の夫、沈全の仇名)はあなたに不似合だ。いつまでも別れずにいよう」「たまらないわ。あの人とは比べ物にならない。気持いい」鍾守浄と黎賽玉は交わりながら、情こまやかに言葉をかわしていた。乾いた柴に猛火、長い日照りに恵みの雨とはこのことだ。鍾守浄は女との体験がない主職、黎賽玉は色っぽい婦人だ。二人はくたくたになるまで頑張り、やっと終わった。

仏教では、性(色)は犯してはならない厳しい戒律だ。しかし、色は仏心より強い。『禅真逸史』

では全般にわたり仏教は非難され、道教の色彩が濃い。欲を肯定した明末の風潮が反映しているといわれている。

日本、日光晃山慈眼堂蔵、明刊の原本がある。清渓道人編、正式の題名は「新鐫批評出像通俗奇俠禅真逸史」。物語は八卦の卦名、乾・坎・艮・震・巽・離・坤・兌に基づいて八集に分けられ、各集五回、合計四〇回になっている。各集の終わりには、心心仙侶、筆花居士、西湖漁叟、烟波釣徒など、それぞれ異なった人物による総評が載っている。

巻頭には「瀫水方汝浩清渓道人」と署名された自序、そして「仁和諸某」と「古越徐良輔」の序、さらに「古杭爽閣主人履先甫」の八か条の凡例が付いている。また挿絵が二〇枚あり、「素明刊」と板木を彫った工房が記されている。

刊本は多く、清初、「白下翼聖斉刊本」（北京大学図書館蔵）、「明新堂刊本」（首都図書館蔵）などがある。二〇世紀の前半、上海雑誌公司が刊行した組版印刷本は、題名が『妙相寺全伝』となっている。また、その他一般に出回っていた本では、官憲の目をごまかすため、『大梁野史』、『残梁外史』などと題名が変えられている。

方汝浩は明末の人。生没年代は不詳。爽閣主人、夏履先は凡例の中で、「此書旧本出自内府――旧本意晦詞古不入里耳。茲演為四十回（この本の元になっている古い本は蔵から出てきた――意味がよくわからず、言葉も古くて聞き取りにくい。それで書き改めて四〇回の講談にしたのだ）」といっている。方汝浩が書き改め、爽閣主人が梓行《しこう》したことがわかる。

方汝浩はこの他、『禅真後史』、『東渡記』などの作品を残している。『東渡記』には、栄陽清渓道人著と記されているから、河南省栄陽県の人だとわかる。『禅真逸史』の自序には「瀔水方汝浩清渓道人」と記されている。瀔水は栄陽県洛陽の近くだ。

また号の清渓は浙江省杭州、青渓にちなんでつけたのだろう。方汝浩は河南省の出身、そして杭州に住んでいたのに違いないといわれている。序を書いている諸某、徐良輔、そしてまた凡例の夏履先も杭州人だ。

『燈草和尚伝』

白話体、一二回の艶情章回小説。宋人の話本（語り物の台本）、鶩豆湖の主、年老いた雌の尾長猿の精を題材にした『燈花婆婆』が種本になっている。一名、『燈花夢』、『和尚縁』、『奇僧伝』ともいわれる伝奇艶本だ。

梗概――元、至正年間の物語。知県、楊官児は職を退き、古里の揚州へ帰る。夫人の汪氏は三二歳、一六歳の娘、長姑は商人の息子、李可白と婚約していた。

ある日、楊官児は汪氏を家に残し、酒飲み友達と蘇州の虎丘へ月見に行ってしまった。独りで寂しい思いをしていた汪氏のところへ、手品が上手だという赤毛の老婆がやってくる。燈草（ランプの燈心）に火を点けると、中から三寸の小さな和尚が出てきた。小和尚は汪氏の乳房の間に隠れ、夜になると大きく変身して汪氏と交わり、慰めた。

楊官児が帰宅しても、汪氏は体の具合が悪いと言って夫を避け、小和尚と私通していた。楊官児に見つけられる。汪氏は仕方なく小和尚を女中の暖玉に預けた。小和尚は暖玉とも関係を持つ。

夫人が娘と観音廟へお参りに行ったすきに、楊官児は暖玉をものにしようとした。小和尚が出てくる。怒って引き裂いてしまう。すると老婆が四人の女、春・夏・秋・冬姐を連れて現われた。小和尚の体を集め、息を吹きかけて元に戻した。

老婆は楊夫婦に、長姑を小和尚に嫁がせるよう迫る。そうして夏姐に楊官児を誘惑させた。そのうちに、老婆と小和尚たちはいなくなる。

怖くなった楊官児は、長姑を李可白と結婚させることにする。ところが婚礼の夜、春姐が長姑に化けて李可白といっしょになる。その様子を覗いていた長姑は、両親に李可白には女がいると告げた。ごたごたするが、結局二人は結婚する。

春姐は、今度は楊官児を誘惑した。汪氏は寂しさに耐えかね、また小和尚を呼び出す。春姐はいなくなる。里帰りした長姑を小和尚が誘惑する。李可白はそれを知り、長姑を離婚する。長姑は小和尚と房事過度に陥り死亡。楊官児も娘の葬儀の最中、小和尚が現われ驚いて死ぬ。

一人になった汪氏は道士、周自如と関係する。その後、小和尚を忘れられず、抗州、天竺寺を訪ねる。小和尚は楊官児が死んだのは、職に就いていた頃、残酷なことをした報いだと、因果応報の話をして諭す。汪氏は還俗した周自如といっしょになり、幸せに暮した。

第一回——男子漢是火性、被水一澆、那火就消了一半；婦人家是水性、被火一焼、那水更熱了幾分。所以従古至今、男子漢有年老絶欲的、也有中年絶欲的、婦人家真是人土方休。

男は火の性質をしている。水をかけると火は半分消える。ところが女は水の性質をしているから、火で焚くとさらに熱くなる。昔も今も同じだが、男は年を取ると性欲がなくなる。中年でなくなる者もいる。しかし、女は土になるまで性欲はなくならない。

第一回——小和尚立地身来、忽然鑽進夫人袖中伏在奶辺、嘖々嘖々的舔那奶頭、舔的夫人渾身発痳、下面陰精流了好些、意道小和尚不用舔了出来罷、婆子笑道我児出来、快跟奶奶同睡去、我走走再来你看、将身一蹤跳入燈焔中、忽然不見了。

小和尚はぱっと跳び上がり、夫人の袖の中へ潜り込んだ。あっと言う間に乳房のところへ行き、舌を鳴らして乳首をなめた。夫人は体中がぞくぞくして、股間が陰液でべったり濡れた。とうとう「やめて！　出てきてちょうだい」と頼んだ。老婆は笑って小和尚に言った。「おまえ、出てくるんだよ。早く若い奥さんと寝なさい。わたしは帰るけどまた来るよ」ランプの火の中にさっと飛び込み、消えてしまった。

清和軒刊本（北京大学図書館蔵）と写本、それと石印（石版刷り）小本の三種類が残っている。『明清善本小説叢刊』（第一八輯、艶情小説専輯、台湾天一出版社、一九九〇年）の一冊に写本と石印小本が収められている。

写本の目録の前に「元臨安高則誠著、雲遊道人編次、明越周求詳評」と記されている。本文の冒頭では、求は球と書かれているが、おそらく写し間違いだろう。

石印小本の題は『絵図燈草和尚伝』、各六回で二巻に分けてある。目録の次の頁に「丙申夏粤東游戯軒石印」と記され、その後に挿絵が四面入れてある。そして、第一巻の冒頭に「元臨安高則誠著、明越周求虹評」と記されている。

丙申の時代は不明。また写本、石印小本とも周求の評は付いていない。なお、この石印小本の底本は、揖可磨慟《いけもと》（池本義男氏）集輯、鬼磨子書房刊本（一九七八年）だ。抜け字を補って書き込まれた字体が池本義男氏のものだからだ。

高則誠は元、至正年間（一三四一―六七）の進士、『琵琶記』の著作の高明だ。字が則誠、号は柔克斎、山東・平陽の人である。生没年は不詳。元、大徳年間の生まれ、死んだのは明初と推定されている。

『燈草和尚伝』本文冒頭に「臨安高則誠」と記され、第一回に「話説元末時節有個楊知県――」と書かれている。高則誠は平陽の人だ。職に就いて臨安に滞在していたにすぎない。また彼が書いたのなら、元末の時代の話になるのはおかしい。高則誠は偽名で、作者は批評者の周求（虹）だろうといわれている。

また、第一回に「正徳壬寅年」と書かれている。しかし、明、正徳年間に壬寅の年はない。壬申（正徳七年・一五一二）の誤りだろう。『灯草和尚伝』は明後期の作だと推定されている。

ところが孫楷第は『中国通俗小説書目』（人民文学出版社、一九八二年）で、文中に『株林野史』と

『隋煬艶史』が引用されているから、清初の人が書いた物だろうといっている。

『痴婆子伝』

一名『痴婦説情伝』ともいわれる文語体の中編艶情小説。明の中葉に書かれたと推定されている。
この小説の特色は、女性が性の体験を語るという構成になっている点だ。また作者は不明だが、燕《えん》筇客《きょうかく》という名と何かつながりがあるのではないかという説もある。

梗概――古都、鄭衛の街に七〇歳になる阿娜《あだ》という老婆が住んでいた。役人、燕筇客に頼まれて夫以外一二人の男との情事を語って聞かせる。一二、三歳の頃、『詩経』を読んで男女の情を知る。隣家の若い奥さんから、男女は体が違い性交するのだと教わる。その後間もなく、従弟の慧敏と初体験。一四、五歳の頃、家の老僕の息子、一七、八歳の俊。欒家《らんけ》に嫁ぐ。夫は次男、漢学者の克慵《こくよう》。長男、克奢《こくしゃ》の下男、二一、二歳のおかまで巨根の盈郎《えいろう》。その現場を見つけられ、下男の大徒。さらに克奢にも見つかり従う。その後、夫の父の欒翁、即空寺の如海と住持。夫の弟、三男の克饕《かっとう》。妹、嫺娟《かんけん》の夫、費。鼻が大きいと勢《あれ》も太いというのは嘘だと知る。それから女形の香蟾《こうせん》。
阿娜はすでに三〇を過ぎ、息子、縄武《じょうぶ》も大きくなっていた。家庭教師、三〇歳で精力的な谷徳音と深い関係になり面倒をみてやる。しかし、三九歳のとき夫に関係がばれ、離縁されて実家に帰る。欒家の淫乱女と指差されたが、その後は「色恋に迷わず、三宝を敬う」と固く誓って色事を断つ。三〇年が過ぎる。「この年になりましたら、何を言って笑われても恥ずかしくありません」。燕筇客は聞いた話をまとめ、『痴婆子伝』という題にした。

盈郎体白如雪。予以舌餂之而興亦稍発。予開両股示盈郎而盈郎之陽勁矣、能而進之殊快人。予逞体而迎手足弛懈、盈郎聳体駕。予甚覚矯健、所恨者質微血気不足無遠力。予方藉以酬久曠而盈郎已汨汨自流。予雖憐惜尚未満意、曰初犯顔色固応爾爾。空闈寂寥日復以永。舎子予何以陶情乎。命盈郎夜必於入闥。如是累月曲尽淫縦。予身固為盈郎有、盈郎亦将為予死矣。

おかまの盈郎の体は白く雪のようです。舌の先でそっと触れると興奮して少し立ってきました。そこで股を開いて見せると、ぐっと大きくなったのです。女でも出来るのだ。まあ、すごい！　引き寄せて上にのせ力を抜くと、盈郎は背中を丸めて腰を動かしました。大きい！　ところが動きに合わせてやっと高まりかけたとき、先にいってしまいました。彼は血気不足で持久力がなかったのです。残念でしたがどうしようもありません。「女の人とは初めてなのでしょう。最初はみなこうなのよ。わたしは独りぼっちで一日が長いこと……おまえがいないと気持のやりばがないわ」。わたしは盈郎に夜必ず寝室へくるように命じました。こうしてしばらくの間盈郎と好きほうだいをして楽しんだのです。「わたしは盈郎さんのものよ！」「奥さんのためなら死んでもいい」。

『中国秘籍叢刊』（太田辰夫・飯田吉郎編・汲古書院、一九八七年）によると九種類の刊本がある。

京都、聖華房（山田茂助）上下二巻本。慶長の木活字を使って刊行したといわれている。原典は不明。序の末尾に「乾隆甲申歳挑浪月書於自治書院」と記されている。乾隆甲申は二九年（一七六四）に当たる。挑は桃の誤りで二月のことだ。目録があり、上巻は「傾談往事」など一三則、下巻は「翁私沙氏」など二〇則に分けてある。但し下巻の第一二則は「隔」としか表記されておらず、三字欠字。また本文には目録に基づく節立てがない。

本文の冒頭に内題「痴婆子伝」があり、その下に「情痴子批校、芙蓉主人輯」と記されている。情痴子、芙蓉主人はどんな人物か不明。最後に木規子こと大槻如電（一八四五―一九三一）の書いた短い跋があり、日付は「明治辛卯春日」になっている。辛卯は明治二四年（一八九一）だ。

また聖華房は初版の誤りを訂正した再版本を明治四〇年（一九〇七）前後に出している。表題は「痴婆子伝」で同じだが、内題は「新刻痴婆子伝」と変わっている。そして「情痴子批校、芙蓉主人輯」の左右の順は改められて、芙蓉主人輯が右側。また最後の木規子の跋は付いていない。

聖華房本の他に、中国、写春園叢書本（排印、出版社不明）、日本、鬼磨子（池本義男）書房本（影印）、台北、明清善本小説叢刊本（影印、天一出版社）などがある。しかし、原典はどれも聖華房の初版、あるいは再版本だ。

江戸時代、秋水園主人が天明四年（一七八四）に書いた序の付いた『小説字彙』の「援引書目」に、『痴婆子伝』の名が出ている。その頃すでに日本に伝わっていたことが分かる。しかし、聖華房がどんな原典を使ったか不明だ。

Ⅲ　清の時代

『隔簾花影』

丁耀亢『続金瓶梅』（『東方』一九三号参照）を書き換えた、白話体、四八回の章回小説。撰者不詳。清初、康熙年間に刊行されたと推定される本衙蔵版本が残っている。これは湖南で出版された大字体だ。上海古籍出版社など所蔵。

序の末尾に「四橋居士謹題」と、そして、目録と本文の題に「新鐫古本批評三世報隔簾花影」と記されている。

孫楷第は『中国通俗小説書目』（人民文学出版社、一九八二）の中で、四橋居士が『隔簾花影』の作者だといっている。清初の小説、天花才子編『快心編』の評者も四橋居士だ。この両者はおそらく同じ人物で、順治・康熙時代に生涯を送った、通俗小説の愛好者だったのだろうといわれている。

胡士瑩は『明清小説論叢』第四輯で、四橋居士は程自萃ではないかと考証している。雍正乙卯（一七三五）、七〇歳のとき、『琵琶記』の校正をしていたという記録が残っている。程自萃は雍正の前、六一年間続いた康熙の時代に人生の大半を過ごした人だとわかる。しかし、これはまだ定説になっていない。

四橋居士は序で、「此《隔簾花影》四十八巻所以継正続両編而作也（この『隔簾花影』四八巻は、『金瓶梅』正・続二編に基づいて書いた）」といっている。しかし、関係があるのは『続金瓶梅』だけだ。

物語の筋はほとんど変わっていない。冗舌だと見なした個所は簡潔にまとめ、全体を短かくしている。『続金瓶梅』は六四回だが、『隔簾花影』は四八回になり、回題も別のものになっている。

削除されているのは、『太上感応篇』など道・仏教の経典を引用して勧善懲悪を説いている部分。西門慶、潘金蓮たちが地獄の閻魔庁で、裁判にかけられ、因果応報に基づいて輪廻転生する部分。

そして、話の筋とは直接関係のない政治や歴史の解説は簡略化されている。例えば金の軍勢が南下し、街に火をつけて略奪、殺戮、強姦などを犯す場面、宋の軍隊が迎え撃つ場面、徽宗と欽宗が北に連れ去られる場面などだ。

主人公の名前も変えられている。

西門慶は南宮吉、呉月娘は楚雲娘、孝哥は慧可、玳安は泰来、小玉は細珠、金蓮は月桂、春梅は香玉などだ。

『続金瓶梅』は、康熙四年（一六六五）禁毀書目に入れられ、焼却された。四橋居士は官憲の目をごまかそうとして、大幅に削除して繋ぎ変え、題を『隔簾花影』と改めて出版したのだ。四橋居士は程自萃だという説も、同じ時代の人物の中に、こんなことができるのは彼の他にいないからだ。程自萃は右に出るものがいない通俗小説の愛好者だった。

また「隔簾花影（簾ごしの花影）」という題を付けたのは、同じ時代の有名な詩人で劇作家、呉偉業（一六〇九―七一）だといわれている。

清、同治年間に平歩青が『霞外捃屑』巻九の中で、「梅村祭酒別続之、署名《隔簾花影》（祭典を司る長官、梅村が『続金瓶梅』の続編に、『隔簾花影』という題を付けた）」といっているからだ。梅村は呉偉業の号である。

『隔簾花影』の成立年代が康熙年代だと推定されているのは、以上の理由に基づいている。

ところが『隔簾花影』は、道光一八年（一八三八）江蘇当局、同二四年（一八四四）浙江当局、そして同治七年（一八六八）江蘇巡撫、丁日昌が定めた禁毀書目録に、「淫詞小説」という名目で入っている。

『隔簾花影』の湖南大字本は、台湾で出版された『中国古艶稀品叢刊』第三輯（一九八六年頃刊、出版社名不記）の中に影印本として、上・下二巻に分けて入れられている。

それでは『続金瓶梅』で紹介した金桂（金蓮）と梅玉（春梅）の磨鏡《レズ》の話の部分はどうなっているか見てみよう。第三二回ではなく、第三三回に出てくる。

回題も換わり、「拉枯椿双娼夾攻　扮新郎二女交美（枯れた杭《くい》を引き寄せ、老婆が二人で挟み打ちにする一人が新郎に扮して女同志で交わる）」が、「老守備双斧伐枯桑　俏佳人同床泄邪火（老いた守備隊の隊長が二つの斧で枯れた桑を伐《き》る　美しい女が一つの寝台で怪しい火を燃やす）」になっている。

〈交美〉女同志の交わり。「美」は「弄（する）」という意味で使われている。

両個女児疾回掩上房門、脱得赤条条的。丹桂便対香玉道：咱姉妹両個也学他們做個乾夫妻、輪流一個粧做新郎。我是姐姐、今夜讓我罷。香玉道：你休要美的我、像我媽那個模様兒。丹桂道：他男子漢有那個宝貝、咱如今只這一双手要個快活罷。説畢、把香玉両脚擎起、将身一聳把身子伏下、替他吮奶頭兒。快癢起来、纔去按納宝蓋三峰。

二人は急いで引き返し、部屋の扉をしっかり閉めて裸になった。丹桂が香玉に言った。「私たちもあの夫婦のようにして、かわるがわる新郎になりましょう。私が年上だから、今夜は私に新郎にならせてちょうだい」香玉が答えた。「お母さんがやっていたようにしないでね」丹桂は、「男の人は宝貝を持っているけど、私たちは手で楽しみましょう」と言うと、香玉の両脚を持って体を引き上げ、かぶさって押しつけ乳首を吸った。興奮してきたので、手をあてがって指を三本入れた。

この部分は語句が少し削られているだけで、ほとんど同じだ。ここだけでなく、性交の場面はあまり手が加えられていない。それで「淫詞小説」として槍玉に挙げられたのだ。

尾坂徳司訳『続金瓶梅』（上・下二巻、千代田書房、一九五二）は、実を言うと、『隔簾花影』の訳だ。

『幻中真』

清、白話体、長編世情小説。

本衙蔵本の梗概——明末期の物語。蘇州府呉県、吉存仁の息子、秀才の吉夢龍は財産家、易邁の娘、素娥と結婚した。その後、易邁は死亡、夫婦は素娥の母親の実家、呉家に移り住む。子どもが生まれ蘭生と名づけた。

易家の本家のおい、易任は夢龍の才能をねたんでいた。また易邁が残した財産をねらっていた。素娥の母親が死んだので、夫婦は易家へ戻った。

夢龍がしばらく家をあけたとき、易任は手下を連れて易家へ押し入り、素娥に私通したと言いがかりをつけた。素娥は侮辱に耐えかね、河に身を投げる。幸い徽州の塩商人、汪百万の妻に助けられ、汪家の養女になる。

夢龍が帰宅すると、易任は妻を叩き殺したと役所へ訴えた。夢龍は投獄される。しかし、大赦を得てやっと釈放された。世の中がいやになり、仏門に入る。山中にこもり、年老いた猿から兵法を学んだ。

時が流れる。山を出たら偶然、汪百万と出会う。資金援助を受けて都へ行く。彼の亡くなった息子、汪万鐘の名を借りて科挙の試験を受け、状元で受かった。夢龍の弟、夢桂、また息子の蘭生も受かり進士になっていたが、三人は知らない。

街へ遊びに出たとき、権臣、何用の娘、友鸞の投げた彩珠が夢龍に当たる。婿に指名されたが断わる。何用は腹いせに夢龍を山東へやり、大盗賊、大梁を征伐させることにした。

大梁は妖狐の助けを借り、立ち上がった。これでは官軍は太刀打ちできない。しかし、夢龍には老猿から授かった天書があった。神兵天将に助けられて大梁を打ち破り、都に凱旋した。

皇帝から休日を賜わり、夢龍は両親に会いに古里へ帰ることにする。ちょうどこのとき、息子の蘭生も父親を探しにきていた。二人は偶然会う。しかし、別れてしまう。早くして離れ離れになったから、顔が分からなかったのだ。

夢龍は汪百万に迎えられて徽州へ行き、素娥と再会する。何用は夢龍といっしょになりたいという娘、友鸞を汪家へ贈った。皇帝からの聖旨も添えられていた。夢龍は友鸞も妻にした。

一方、蘭生は揚州でおじの夢桂、それから祖父の存仁夫婦と会っていた。夢のお告げで父母は汪家にいると知り、徽州へ駆けつけて再会を果たす。

その後、夢龍は両親も汪家へ呼び寄せ、いっしょに暮らすようになる。素娥はまた一人、友鸞は三人子どもを生み、一家団欒の幸せな一生を送った。易任たち悪者は言うまでもなく天罰を受けた。

坊刻本、第一回——你賀一杯、我賀一杯、把吉扶雲灌得酩酊大酔。扶人房中去、衆人各散。扶雲走入房中、正是夜半時候。遂関了門、看見燈火照燿、宛如白日、新人坐在燈下、嬌羞満面、越覚可人。遂抱入羅帳共寝。説不尽枕上温存、描不出衾中恩愛。但見：相慰相憐、好似黄鶯啼嫩柳。半推半就、猶如粉蝶恋嬌桃。帕上鮮紅、尽是襄王雨跡；枕辺新湿、全為神女雲踪。菡萏同枝、永作百年姻契；鴛鴦並戯、当為先千載于飛。正是洞房花燭、果然人月同円。

祝い酒を酌み交わしているうちに吉扶雲（夢龍の字）は酔いが回り、抱えられて部屋へ連れていかれた。客人たちはぽつりぽつりといなくなり、もう真夜中になっていた。戸を閉めた。灯りがこうこうと点っていて、真昼のようだ。花嫁（素娥）は灯りの下に座っていた。笑みを浮かべて恥ずかしそうにしているようすが実にかわいい。抱いて羅の帳《とばり》の中へ入り、並んで横になった。語り合い優しく思いやる布団の中のようすを言葉で言い現すのは難しい。あえていえば、甘いささやきは新緑の柳で鳴き合う鶯のようだ。白い蝶が桃に戯れているように付かず離れず進めている。ハンカチについた血は襄王の雨の跡《あと》、枕についた汗のしみは女神の雲の踪《あと》。同じ茎に咲く蓮の花になって百年の契りを結び、戯れる鴛鴦になって千年までも仲好くしていたい。新婚の夜はまさに最高の幸せだ。

〈雲雨〉性交。楚の襄王が巫山の女神と交わる夢を見た。女神は朝は雲、夕方は雨になるという故事による。

二種類の版本が現存している。

一　清初、本衙蔵本。フランス、パリ国立図書館蔵。

二　清、坊刻本。日本内閣文庫、天理大学附属天理図書館など蔵。

一は扉に「批評繡像奇聞幻中真」、「本衙蔵版」、序の末尾に「天花蔵主人題于素政堂」、目次の題に「煙霞散人編次」、そして本文の冒頭に「幻中真集」、その下に「煙霞散人編次、泉石主人評定」と記されている。

本文は全部で一二回。

二は四巻十回本になっている。巻一は「司馬元双訂鴛鴦譜」という題の長いまくら話だ。巻二から本文第一回が始まり、巻四第十回で終わっている。

序はない。目次があり、本文の頭に「幻中真」、その下に「煙霞散人編次、泉石主人評訂、曲（?）

枝呆人評録」と記されている。

まくら話以外は、一の話を書き改めて短くしたものだ。

一の本衙蔵版本の作者は、序を書いている天花蔵主ではないか、また二の坊刻本の作編者は曲枝主人ではないかと推定されている。どんな人物かどちらも不明。

台湾天一出版社『明清善本小説叢刊』（一九八五）に本衙蔵版本が影印、中華書局『古本小説叢刊』（一九八五）と上海古籍出版社『古本小説集成』（一九八五）に本衙蔵本及び坊刻本が影印、そして春風文芸出版社『明末清初小説選刊』（一九八八）に同二種類の版本が排印にされて収められている。

『一片情』

情のしがらみ（纏綿情海）を描いた擬話本短編小説集、四巻。一四回、一四話。作者は不詳。情のとりこになり、騙して姦通し、淫に耽る。悲劇に終わる、さまざまな人間模様が描かれている。テーマは訓戒だ。特色として、中国南部の方言、風俗習慣が出てくる。作者は南方の人だったと推測される。

第一回「鑽雲眼暗蔵箱底（鑽雲眼が箱の中に潜り込んで隠れる）」――福建省、渓南、大樹林に符成という、六〇歳近くになる金持の老人がいた。妾を数人囲っていた。しかし、みな子供が出来なかったので、処女の新玉を娶った。ところが符成は無理がたたり、体が衰弱して性交ができなくなった。新玉は同じ村の放蕩息子、燕軽と密通する。現場を符家の女中に見つけられた。燕は符家の者に殺される。新玉は悲しみがこうじて病気になり、半年後に死亡する。

第二回「邵瞎子近聴淫声（目の見えない邵が近くでよがり声を聞く）」——浙江省、湖州に邵という目の見えない易者がいた。占いがよく当たるので、商売は繁盛していた。杜羞月は父親の命にしたがい、邵といっしょになる。邵は羞月が美人だと聞き、男が近づかないように注意していた。しかし、羞月は結婚に不満を持ち、隣の杜雲と密通する。目の見えない邵を騙し、本人のいるすぐ近くで交わっていた。そのうちに感づかれ、羞月は追い出される。杜雲が連れて逃げた。

第三回「憨和尚調情甘繫頸（エロ坊主が言葉巧みに騙していちゃつく）」——安徽省廬州、霍山県のエロ坊主、六和は男寵《ホモ》関係の桂香をかわいがっていた。寡婦の羅氏を見染める。年上の女、蕭花に手引きをさせ、巧みに羅氏を騙して桂香の名義上の妻にさせ、自分のものにした。羅氏は六和に気がなく、毎日泣いていた。六和は仕方なく、桂香に譲る。今度は隣の馮炎の妻を騙して犯す。馮夫婦は六和を懲らしめた。六和は常州へ逃げる。活仏だとうそをつき、人をたぶらかそうとする。太守に見つかり、叩き殺された。

第四回「浪婆娘送老強出頭（気ままな妻がいつも無理に頑張らせてだめにする）」——安徽省徽州、休寧県の程生生の家には財産があった。一八歳で妻、汪氏を娶った。一年後、汪氏は身ごもる。程生生はいとこの方倖意と、都へ薬材の行商に出た。妓女の貴哥と熱い関係になる。ところが、金の切れ目が縁の切れ目になった。今度は気ままな赤大姑といっしょになり、毎晩、肉欲に耽っていた。ある日、赤大姑が赤二姑と、彼を誘い無理をさせて殺し財産を奪おう、と相談しているのを盗み聞く。方侔意の協力を得て赤二姑を懲しめ、赤大姑と離婚する。程生生は反省して湖広へ行き、商売に精を出すようになった。一〇年後、千余金を蓄え、蘇州で手広く商売を始めた。運よく一八歳になった息子、潤児と出会う。家族はまた一緒になり、幸せに暮らした。

第五回「醜双児到底得便宜（醜男が最後にうまい汁を吸う）」、第六回「老婆子救牝詭択婿（中年女が娘を囮にして婿を選ぶ）」、第七回「缸神巧誘良家婦（甕の神が良家の婦女を巧みにおびき寄せる）」、第八回「待詔死恋路傍花（待詔が見知らぬ女に恋をして死ぬ）」、第九回「多情子漸得佳境（女たらしが徐々に甘い汁を吸う）」、第十回「奇彦生誤入蓬萊（奇彦が誤って蓬萊に入る）」、第一一回「大丈夫驚心懼内（大の男がびくびくしてかみさんの尻に敷かれる）」、一二回「小鬼頭苦死風流（餓鬼が色ごとにからみつらい目に遭う）」、第一三回「謀秀才弄假成真（謀秀才が瓢簞から駒）」、第一四回「騒臘梨自作自受（みだらな臘梨が墓穴を掘る）」。

以上一四話はどれも情がからんだ話だ。

第二回——杜雲軽軽挨攏来、就在那櫈上、各褪下小衣、緊緊摟了抽送、抽到百十抽外、裏面些水来、活動不免隠隠有些響声。瞎子目雖不見、耳朶是極聡的。問道：娘的、恁麼響？　羞月道：没甚麼響。邵瞎道：你聴、響呢！　羞月道：是老鼠数銅銭響。瞎子道：不是、青天白日、如何得有？　杜雲見瞎子問、略又軽緩些。那響亦軽些。見瞎子閉了嘴、杜雲又動蕩起来。此声比前更響刮起来。

杜雲はそっと長椅子に近づいた。どちらも下着を脱ぎ、固く抱き合って始めた。百回余り抜き差しすると淫水が出てきた。静かにしようとしても音が出る。瞎子は目は見えない。しかし、耳は敏感だ。「おい、何の音だ？」と訊いた。羞月が答えた。「何も聞こえないよ」「ほら、音がしているじゃないか！」「鼠が銅銭を数えているんだよ」「ばかな、昼日中にそんなことがあるか？」杜雲は瞎子を気にして動きを抑えた。音も小さくなった。瞎子が黙ったので杜雲はまた強く動かした。音は前より大きくなった。

清初、好徳堂の刊本が残っている。東京大学東洋文化研究所蔵（双紅堂文庫）だ。好徳堂は明末清初の書坊（書店）である。

表紙に「繡像小説一片情」、目録と本文の頭に「新鐫繡像小説一片情」と記されている。冒頭に序があり、末尾に「沛国樗仙題於西湖舟次」と書かれ、左横に印章が二つ、上下に並んで押されている。上は陰文で「一段雲」、下は陽文で「好徳堂印」と彫られている。沛国は江蘇省の沛県だろう。

この他に、嘯花軒の版本が中国中央美術学院図書館に収蔵されている。但し完本ではなく、九回までしかない。一四回本の一冊だろうといわれている。

『一片情』の成立年代は、第一二回に南明の弘光（一六四四）という年代が出ていることなどから、清初、順治年間（一六四四—六一）だろうと推定されている。

寛政三年（一七九一）刊『小説字彙』にも『一片情』の名が出ている。日本へ古くから伝わっていたことがわかる。

『巫山艶史』

口語体の章回艶情小説。またの名は「意中情」という。

梗概——北宋末の物語。江南、蘇州に文武ともに秀でた李芳という若者がいた。粋《いき》で格好いい。両親は早く死亡、二九歳になるが、まだ独身だった。

春、郊外へ狩にいき、大地主、羅忠の農園に迷い込み、娘の翠雲と女中の小絹に出会う。李芳は美しい二人に引かれ、目で気持を伝えた。町へ帰る途中、道に迷い、広陽道人と出会う。李芳に元陽が失われないようになる九転金丹を一粒、さらに朱色の護符が入った錦の袋を三つ与えた。災難に遭ったとき使えば救われると教える。

家へ帰った李芳は、使用人の李旺が彼の妻、秋蘭と交わっているのを覗き見て興奮する。李旺が仕事で浙江へ行った間に、秋蘭とできてしまう。朝、隣の家が火事になる。李芳は例の護符を使い、火を消した。

李芳は翠雲に会いに農園へ行く。途中で、俠客、伍雄と出会い、義兄弟の契りを結ぶ。次の日、再び農園へ行って翠雲と小娟に会い、将来を固く誓い合った。大雨になり、翠雲は李芳を家に泊める。小絹もいっしょに一夜を共にした。数日後、また会いにいく。しかし、父親が迎えにきて揚州へ連れていかれた後だった。

李芳のいとこに、一九歳の聞玉蛾がいた。結婚して間もなく夫が死ぬ。李芳のおばが死亡、玉蛾も嘉興からやってきて葬儀に参列していた。美しい彼女を李芳は一目で好きになる。二人はできてしまう。玉蛾は妾になることを誓って嘉興へ帰っていった。

蘇州の梅家と李家は代々のつき合いだった。梅家の息子、梅悦庵は龍陽の気《ホモけ》があった。李芳を学習会に誘い、家に滞在させていっしょに試験勉強をしていた。李芳は悦庵の妾、月姫とできてしまう。さらに月姫の手引きで、悦庵の妹、素英とも私通する。

二人は李芳を部屋に隠して楽しむようになる。その日も三人で戯れていたとき、悦庵が帰ってきた。月姫は李芳を箱の中に隠す。隣の秦仰山と妻の兄弟、呉茂は賭博で負け、盗みに入り箱を持ち帰った。仰山の娘、飛瑶が箱を開け、李芳を見つける。李芳は例の護符を使って難を逃れ、飛瑶も連れて帰った。

李芳と悦庵は南京へ試験を受けにいき、大きな宿に泊まる。店の主人、独り暮らしの美女、江婉娘は一目で李芳に惚れ込み、妾になりたいと思う。李芳は科挙、郷試を解元（首席）で合格する。

悦庵と揚州へ行く途中、羅氏親子に出会う。李芳は悦庵に間に入ってもらい、翠雲との縁談を早めることに成功する。李芳は舟を買って蘇州へ戻る途中、また羅氏親子の乗った舟といっしょになる。ところが盗賊に会い、李芳は例の護符を使って伍雄を呼び寄せ、難を逃れた。その後、江婉娘の舟とも出会い、いっしょに蘇州へ行く。李芳は羅翠雲と結婚し、婉娘も共に生活するようになった。伍雄は広陽道人に山で修行をしたいと申し出た。悦庵も世の中に見切りをつけて仙道に励む決心をする。月姫と素英は李芳に贈った。李芳は嘉興から玉蛾を呼び寄せる。大きな屋敷を建て、妻の翠雲、妾の玉蛾、素英、月姫、飛瑶、婉娘、小娟、秋蘭たち八人の女と楽しい生活を始めた。しかし、次第に世の中が変わり、家に引っ込んでしまった。伍雄と悦庵に教化され、仙道に励むようになる。李芳は女たちを連れて山に入った。その後の消息はわからない。

第四回――此時李芳欲心如火、那裏肯放、抱到床上、擠落小衣、按定了、捧起両足、将亀頭醮些津唾、湊在那緊緊窄窄、粉嫩雪白綿軟的小東西裏面、扗将進去。小娟半推半就、粉瞼通紅、柳眉顰蹙。捱了半晌、止進得半個頭児。李芳只覚裏面緊暖裏住亀頭、十分有趣、淫心大発。乃捉定陽具、用力一頂。小娟叫声：「阿唷！」把身一閃。公子又是一挺、小娟又一閃。已寒進半根在内。陰門裏漲得満満的、小娟的毬口急迸、如火烙一般、那裏禁当得起。乱擠乱扭、伸手捏住杵柄、不容再進。

この時、李芳の情欲に火がついた。小娟を放さず、抱いて寝台へ連れていった。小衣を引きずり下ろして押さえつけ、両脚を持ち上げた。亀頭にたっぷり唾をつけ、ぐっとすぼまった、白くて柔らかい綿のような小さな東西にあてがい、押しつけた。小娟は付かず離れず、顔を紅潮させ眉を顰めてしばらく我慢していた。しかし、少ししか入らない。亀頭が締めつけられ、暖かくていい気持だ。情欲の火は燃え上がって炎になった。陽具に手を添え、ぐっと突いた。

小娟は「あっ！」と叫び、体を引いた。貴公子はまた腰をしゃくった。小娟は体を引いたが、すでに半分ほど入っていた。いっぱいできつい。突然、毬口《とばくち》が裂けた。火熨斗《ひのし》をかけられたようで我慢できない。引っ張ったり、よじったりしてあばれ、手を伸ばして杵柄《さお》をぐっと押さえ、さらに入らないようにした。

嘯花軒の刊本が北京大学図書館に保存されている。扉、右上に「意中情」、中央に大きな字で「巫山艶史」、左下に「嘯花軒蔵版」と記されている。序も跋もなく、撰者の名前も書かれていない。嘯花軒は清初、康熙年間の書坊（書物を刊行して売る店）だ。『巫山艶史』の成立と刊刻は康熙年間だと推定されている。但し、この北京大学図書館の蔵本は四巻一六回本だといわれている。

この他に六巻一六回の清刊本があり、東京大学東洋文化研究所に保管されている。この六巻本は電脳排版《ワープロ》になり、『中国歴代禁毀小説海内外珍蔵秘本集粋』（台湾・双笛国際出版、一九九四―九六）の中に納められている。

『肉蒲団』

白話体、四巻、二〇回の章回小説。舞台は元、致和（一三二八）年間、大色鬼（大の女好き）の書生、未央生が「この世で一番の才子になり、一番美しい女と結婚しよう」、という志を立てる。女を漁り、淫蕩に耽った末、悔い改めて仏門に入る物語だ。

梗概――括蒼山の高僧、弧峰長老が、未央生が女のために身を滅ぼすのを見抜き、弟子にして救ってやろうとする。しかし、修行に耐えられず、古里へ戻り固苦しい学者、鉄扉先生の娘、玉香と結婚する。玉香は美しく、頭もいい。ところが厳格に育てられていたので、色気がなかった。春宮画や淫書を見せて教える。しかし、父親に知られ戒められた。未央生は遊学すると偽り、美女探しの旅に出る。

義侠心に富んだ盗賊、賽崑崙と出会い、義兄弟の契りを結ぶ。女が集まってくる子授け仙人、張仙の廟に毎日行き、メモを取り三人の女に目をつける。未央生の陽具は小さく、房中術も知らなかった。賽崑崙が道士を紹介する。三カ月かけて犬のペニスを移植し、陽具を大きく改造、採補の術も授かる。

未央生は賽崑崙の協力を得て、糸商人、権老実の妻、艶芳をものにする。権老実は妻の浮気を知り、艶芳を賽崑崙に売る。彼は未央生に贈った。二人は結婚する。

隣に家庭教師がいた。住み込みで教えているので、めったに戻らない。その妻、いい匂いのする体の香雲とできてしまう。さらに彼女の親戚の瑞珠、瑞玉、花晨とも関係するようになる。なんとこの三人は、張仙廟で見かけた目当ての美女だったのだ。一男四女の淫乱の日々が続く。しかし、艶芳に二人目の女の子が生まれたので、未央生は家に戻る。

権老実は未央生に仕返しをしてやろうと思っていた。彼の古里を訪ね、鉄扉先生の家に下男になって入り込む。玉香を誘惑した。そのうちに妊娠する。明るみになるのを恐れた玉香は女中の如意を連れて、権老実と駆け落ちする。途中で流産になる。権老実は都で二人の女を妓楼に売った。しかし、後悔して仏門に入り、弧峰長老の弟子になる。

妓楼に売られた玉香はやり手婆さんに仕込まれて売れっ妓《こ》になる。都へ勉学に来ていた瑞珠と瑞玉の夫、またその先生の香雲の夫も玉香と遊ぶ。帰ってきた彼らから、名妓の噂を聞いた未央生はその妓女に会ってみようと思う。いったん古里へ帰る。ところが玉香は死んだという。

未央生は都へ行き、妓楼を訪ねた。玉香は夫が来たので、首を吊って死ぬ。未央生は名妓が玉香だったことを初めて知る。女に狂っていたことを反省し、弧峰長老のもとを訪ねて仏門に入り、一物を切り落とした。間もなく賽崑崙がやってくる。艶芳が生んだ二人の娘は死んだ。彼女は悪い坊主と浮気したので、両方とも斬り殺したという。賽崑崙もまた仏門に入った。

巻三、第一二回――香雲道我身上的香気、你都聞到了、還有一処的香気更比身上不同、索性与你賞鑑。未央生道在那一処。香雲把一双手揑着未央生的指頭、朝陰戸裡面点一点道此中的気味更自不同、你若不嫌褻瀆也去聞一聞看。未央生縮下身子去把鼻孔対着陰門嗅了幾嗅、就爬上来道真宝貝真宝具、我如今没得説、竟死在你身上罷、説了這話又把身子縮下去扒開那件宝貝、就用舌頭餂将他起来。

香雲が言った。「体の匂いはみなかいだけど、もう一つ匂いのする所があるわ。違った匂いよ……いい、かがせてあげる」「どこの匂い？」香雲は未央生の手を取り、指をつまんでちょんちょんと陰戸につけた。「ここの匂いは体とまた違う。嫌でなかったら、かいてごらん」未央生は体を丸めて下にずらせ、鼻を陰門に寄せてかいでみた。体を戻して「すばらしい！　これは宝貝だ。このまま死んでもいい！」と言うとまた体を丸めて股の間にもぐりこんだ。宝貝を開き、舌の先で舐め始めた。

清初、劉廷璣が『在園雑志』巻一で、さらに民国、一九二五年、魯迅が『中国小説史略』で、『肉蒲団』の作者は李漁（一六一一―一六八〇）だとする説を唱え、今では定説になっている。別名を『覚後禅』、『耶蒲縁』、『野叟奇語』、『鍾情録』、『循環報』、『巧姻縁』、『巧奇縁』という。『在園雑志』巻二に『肉蒲団』は流毒無尽だと書かれている。初めて禁書にされたのは清、嘉慶一五年（一八一〇）だ。それ以後、再三再四禁毀書目の中に入れられている。それで出版する側は題名をいろいろ変えて官憲の目をごまかそうとしたのだ。

刊本の数は多い。その中の二冊が近年、台湾天一出版社（一九九〇年刊）と日本、汲古書院（一九八七年刊）から影印本として出版された。

前者は『明清善本小説叢刊』第一八輯、艶情小説専輯に入っている。目録の頭に「情痴反正道人編次　情死還魂社友批評」と記されている。この底本は清後期、歩月主人校訂の鳳山楼刊本だろうと推定されている。しかし、内容は次の和刻本と変わらない。但し、訓点は取ってある。

後者は『中国秘籍叢刊』本文篇・下巻（太田辰夫・飯田吉郎編）に入っている。表紙右上に明、情隠先生編次・日本、倚翡楼主人訳、左下に青心閣発兌（印刷して発行）と記されている。江戸中期、宝永乙酉（一七〇五）の秋、倚翡楼主人が五里霧中人の家で認めた序がある。この倚翡楼主人は訓点を付けた人物だ。

さらにこの他に、鬼磨子書房の赤本（一九七八年刊）と台湾中国古艶稀品叢刊・第五輯（一九八五年頃刊、出版社名不記）に、『肉蒲団』の影印本が入っている。内容は青心閣本とほぼ同じである。

『五鳳吟』

白話章回小説、二〇回。才子佳人小説に見せ掛けた艶情小説。

梗概――明、嘉靖年間の話。浙江省定海県の金持ちの名士、祝延芳の息子、祝瓊（字は琪生）は文才に秀でた美男子だ。友人、鄭飛英、平君賛と青蓮庵で学んでいた。もと県の尹、鄒沢清が娘の雪娥を連れて庵にお参りにくる。琪生の詩を見て感動し、家の花園で開いている詩の勉強会に招く。雪娥が落とした鳳釵を琪生が拾い、引かれ会うようになる、しかし、思うようにいかない。琪生は雪娥の女中、素梅、軽煙に助けられ、詩で雪娥に思いを伝えて結婚の約束をする。

平君賛も雪娥を好きになる。琪生を騙して自分の家へ住まわせ、替え玉になって雪娥と会おうとする。しかし、素梅たち女中に見破られる。一方琪生は平君賛の妹、婉如に引かれ、ものにしようとする。しかし、婉和は女中の絳玉を替え玉にした。戯れているところを平君賛が見て腹を立てる。

盗賊、馮鉄頭を買収し、琪生を悪事に誘い込ませた。両者は捕まり、牢に入れられる。父親、祝延芳も連座の罪で捕まった。鄭沢清も殺人事件に関与したかどで投獄された。素梅は平家に売られる。雪娥は盗賊、焦紅鬚が連れ去った。焦紅鬚は以前、琪生に恩を受けていた。牢から救い出し、雪娥といっしょにさせようとする。しかし、琪生は馮鉄頭と牢を破り、逃亡していた。鄒沢清も遠隔の地に流されていなかった。祝延芳を救い出す。

軽煙は祝家に逃れた。祝夫人は軽煙を連れて、夫と息子を捜す旅に出る。常州の関帝廟で、琪生と道ではぐれた馮鉄頭と出会う。軽煙は壁に詩を書き残した。また琪生も関帝廟を通り、詩を残す。

平君賛は婉如と素梅をむりやり都へつれていき、奸臣、厳世蕃に献上しようとする。途中、婉如は川に身を投げ、鄭飛英に助けられた。素梅も逃げる。男装して関帝廟を通りかかり、詩を見て一首書き残す。また絳玉、婉如、そして雪娥も相前後して廟を通りかかり、詩を残す。

琪生は進士に合格、南直隷巡撫に任じられ任地に赴く。その途中、再び関帝廟を通る。五人の女たちの詩を見て、絳玉を救い出す。そして、馮鉄頭、祝夫人、軽煙と会う。焦紅鬚を釈放し、広東の賊兵を討ち破った。引き揚げる途中で、雪娥を連れた父親の祝延芳と遭遇した。南雄知府になった鄭飛英に匿われていた婉如と再会する。

凱旋した琪生は雪娥と婉如を夫人、素梅、軽煙、絳玉を妾にする。改めて関帝廟へ参拝し、全員でお礼に詩を詠んだ。

第三回――雪娥也収了、琪生又将小姐摟著同坐。情興難遏、意欲求歓、連催小姐去睡。雪娥羞渋道「夫婦之間、以情為重、何必図此片刻歓娯」琪生刻不能待、意摟著小姐到床前、与他脱衣解帯。雪娥怕羞、将臉倚在懐内、憑他去脱、琪生先替小姐脱去外衣、解開内掛、已露酥胸、鶏頭嫩剝、伸手去拈弄、滑膩如糸、情興愈濃、忙将自己巾幘除去、卸下外衣、正待脱小衣。忽聞外辺一片声乱叫相公、嚇得他四人魂不附体。雪娥忙対琪生道「你快出去、另日再来罷！」。

雪娥は鳳釵と詩を受け取った。琪生はまた彼女を抱いて坐った。したくてたまらない。寝ようと何度も促した。雪娥は恥ずかしそうに言った。「夫婦は情を大切にします。どうしてこの一時を戯れて過ごそうとするの」琪生は矢も盾もたまらず、抱き寄せて寝台の側へ連れていき、服を脱がせた。雪娥は恥ずかしそうにうつむき、されるままになっていた。琪生は上着を脱がせ、胸当てを取った。胸は柔らかい。乳房が丸見えになった。手を伸してもんだ。すべすべしていて絹のようだ。情欲が燃え上がって炎になった。頭巾と上着を取り、下着を脱ごうとしたとき、外でさかんに琪生を呼ぶ声がした。四人（琪生・雪娥・素梅・軽煙）はびっくりして飛び上がった。雪娥が慌てて言った。「急いで出ていってちょうだい。また日を改めましょう」。

版本は多い。

一　草間堂刊本　一巻

大連図書館蔵。題は「草間堂新編繡像五鳳吟」、一巻二〇回。序の末尾に「古越蘇潭道人」と記されている。年月は不記。挿絵が六幅と「入話（梗概）」が付いている。本文の冒頭には「雲陽嗤嗤道人編著／古越蘇潭道人評定」と記入。

二　稼史斎刊本　四巻

鄭振鐸旧蔵。扉に「歩月主人訂／五鳳吟／稼史斎蔵版」と記されている。序、入話はない。本文の冒頭に「雲間嗤嗤道人編著／古越蘇潭道人鑑定」と記入。

三　鳳吟楼刊本　四巻

米国ハーバード大学、燕京図書館蔵。扉に「五鳳吟」、目録の頭に「鳳吟楼新刻続六才子書」と記されている。本文冒頭の表記は稼史斎刊本と同じ。

四　上海書局石印本　四巻

題は「繡像素梅姐全伝」、清末光緒戊甲（一九〇八）刊。

主な版本は以上だ。

嗤嗤道人は『五鳳吟』の他に、『警悟鐘』、『催暁夢』などの小説を書いている。清初、康熙から乾隆年間にかけて活躍した小説家だ。雲陽は江蘇省の丹陽、雲間は上海市松江県の別称である。江蘇の人だとわかる。

『警悟鐘』も「草間堂新編――」となっている。嗤嗤道人は書坊の主人だったと推測できる。しかし、その他は不明。

『警悟鐘』万巻楼刊本の扉に「戊午重訂新編」と記されている。戊午は康熙一七年（一六七八）に当たる。これに基づき、『五鳳吟』の成立年代は康熙初年だろうと推定されている。

歩月主人訂（校正）の小説は、『五鳳吟』の他に『蝴蝶媒』、『鳳簫媒』などがある。しかし、康熙時代の人物だとわかるだけで、その他は不明だ。

『子不語』

編者は袁枚（康熙五五年〔一七一六〕―嘉慶二年〔一七九七〕）。蒲松齢編『聊斎志異』、紀昀編『閲微草堂筆記』と並び称される清代の志怪筆記小説、二四巻。序に述べられている妄言妄聴、記而存之（ばかげたものでも、珍しい話は書き残す）という方針で集められた『子不語』の中には、二一巻「蔡京後身」、二一巻「暹羅妻驢」、二四巻「控鶴監秘記二則」など猥褻な話も交じっている。

控鶴監秘記二則――吏部侍郎崔湜、以才貌年少、私侍婉児。婉児有外舎、極亭台之勝、招与宣淫。先通武三思、盧陵王、後通湜；湜問「盧陵王、三思如何?」曰：「盧陵王棱角混、韋皇后笑其食哀家梨、不削皮何能知味？　三思故自佳、然亦嫌肉薄耳」問：「両后選男何法？」曰：「陰雖巨、以皮筋勝者不選」問「何故？」曰：「人之一身、舌無皮、故知味；踵皮厚、故履地。女陰纖膜微蒙、天地男子之陰、亦去皮留膜、取極嫩処与之作合；又与稜角、使之搠摩、幼而蕊含、長而茄脱、以柔抵柔、故有氤氳化醇之楽；否則拖皮帯檅、進退麻漠、如隔一重甲矣。天后幸男子畢、不許陰頭離宮；馮小宝雖壮盛、頭鋭易離；六郎稜脱脳満、如鮮菌霊芝、雖宣洩、而陰頭猶能塡塞満宮、久而不脱、故歓愛之情、有余不尽。六郎侍寝、后雖衰、仙液猶透重衾也」。

　吏部侍郎の崔湜は才能のある美男子だ。こっそり婉児に奉仕していた。婉児は東屋が見晴し台になっている立派な別邸を持っている。そこへ湜を招いて交わっていた。婉児はこれまでに盧陵王と武三思と通じ、湜は三人目だった。湜が尋ねた。「盧陵王さまと三思さまはどうだった？」「盧陵王さまの物は皮かむりで、韋后さまも、『皮をむかない哀梨を食べているようで、味がない』と言い、笑っておられたわ。三思さまの物はいいのだけど、肉付きがもう一つでいただけない」「武后さまと韋后さまの品定めの法を教えてくれないか」「大きくても皮をかぶり筋張った物はお選びになりません」「どうしてだろう？」「舌は皮が薄いから味がわかり、踵は皮が厚いから地を踏めるのです。女陰は粘膜、男根も皮をむけば粘膜、快感が生じるのは柔らかいところが一つになり、雁で引き出すようにしてこすられるからです。男性の物は幼い頃は皮をかむっていても、大きくなるとむけて茄《きとう》が出るようになり、粘膜と粘膜で調和がとれるから陰陽の気が一つになって快楽を味わえるのです。滓《かす》のたまった皮かぶりでは、抜き差しされても刺激が乏しく、隔靴掻痒の感じがします。武后さまは寵愛の後も、陰茎を外へ出すことを許さない。馮小宝の物は立派だが、先が細いから抜けやすい。六郎さまの物は新鮮な霊芝のように鰓《えら》が張っているから、いってもしばらくは抜けない。陶酔の余韻が長引く。六郎さまが奉仕すると、武后さまは高齢にもかかわらず仙液《しる》をたくさん洩らし、布団がべったり濡れていたわ」。

〈控鶴監〉則天武后が寵愛する若者たちを集めていた役所。〈婉児〉武后の文書役。〈廬陵王〉武后の長男。〈武三思〉武后の甥。〈韋后〉廬陵王の妃。〈馮小宝〉妖僧、薛懐義。〈六郎〉武后の男妃、張昌宗。

乾隆五三年（一七八八）随園刊本（『随園三十種』の中の一編）、嘉慶二〇年（一八一五）美徳堂刊本、そして二〇世紀になり、上海錦章書局石印（石版印刷）本、上海古籍出版社排印（組み版印刷）本など、多くの版本がある。

袁枚は浙江省銭塘（杭州市）の人。字は才子、号は簡斎、晩年の号は随園老人。若い頃から学才があり、乾隆四年（一七三九）、二四歳で進士になる。成績が優秀だったので、さらに翰林院の庶吉士（官名）に任命された。

しかし、満文（満州語）の試験に受からなかったため、二年後地方に出され、江蘇省溧水、沭陽、江寧（南京）などの県知事を歴任する。三二歳で一度退任、再び三六歳の時、陝西省で官職に就いた。ところが一年もしないうちにまた退任、役人として生きていく道を捨て、南京、小倉山の随園に住み、著述にいそしむ生涯を送った。『小倉山房詩集』、『随園随筆』、『随園詩』、『続子不語』一〇巻など三十余種類の著作がある。

『子不語』は袁枚が友人から聞いたり、読んだり、見たりした出来事の中から、珍しい話を数十年にわたって書き集めた（筆記）小説（短い話）だ。題は『論語』述而篇の「子不語怪力乱神」から取っている。孔子が語らなかった話、つまり志怪を集めた本だという意味だ。

ところが袁枚は元人の説話の中に同じ題名の小説があるのを知り、『新斎諧』と改めた。これは『荘子』内篇・逍遙遊篇の「斎諧者、志怪者也」から取っている。斎諧は書名か人名だろうといわれている。

その後、元人の『子不語』は散佚してしまい、袁枚の『新斎諧』が最初の名で呼ばれるようになった。

内容は大別して五つに分類される。

一　官吏の腐敗、賄賂の横行、法を利用して私腹を肥やす役人の話――一六巻「閻王升殿先呑鉄丸」、二一巻「一字千金一咳万金」など。

二　世態人情、冷たい風潮の話――九巻「地蔵王接客」、二一巻「鬼借官銜嫁女」など。

三　科挙の制度と程朱理学への不満。礼教の禁欲主義に束縛された婦女に対する同情話――五巻「麒麟喊冤」、一一巻「秀民冊」、一六巻「歪嘴先生」など。

四　地震や龍巻などの天災、異民族の風習の話――二巻「天殻」、一一巻「龍陣風」、一五巻「天門国」など。

五　鬼神偶像を崇拝する道教や仏教の話――七巻「狐仙冒充観音三年」、二三巻「成神不必賢人」など。

『夜行船』

清、文言で書かれた笑話集、八巻、一二二話。呉と越の地方を結ぶ水路を、夜行船が通《かよ》っていた。熟睡できない客が世間話をする。編者の破額山人はそれを集めて八巻の本にした、と序で語っている。『夜行船』には「薄阿田」、「殺響馬」、「三椿快事」、「風水運」、「脱去釘鞋」、「五台女丈夫」など面白い話がたくさん集められている。またえろ話は、特別に章を変えてひとまとめにしてある。

趙声谷云——蘆墟徐四揺尖頭船為業。戊申冬往弔烏程、曾雇其船。徐四年三十外、巨準鬚顋、頗有登徒之好、所狎蕩婦曰黒黒情甚濃摯。黒黒嘗自言曰人尽夫也、時尽晦也、地尽床第也。又曰人生駒隙、安得極楽而死。毎与新交合、必具通宵蠟炬、光照無遺。魚麗鶴鵝、五花八門、従壁上観者無不失色。而夫人城未啓也、娘子軍益焰也。苟其棄甲務必追奔、以故自揣力薄、且退避三舎。否則撩虎鬚者幾不得生還。又嘗於所私者品第材力、曰某某曳落河、某某万戸侯、某某二千石、某某穿楊枝、某某蠟鎗頭、某某黔驢技、某某鉄中錚錚、某某則自鄶以下也。然而丁不能兵、戈難用武。相接以来、閲人多矣。所謂曳落河万戸侯等誉者、不過誘掖奨勧鼓励人材、有是設無是技也。眼前行伍挙属鎗蠟黔驢、自鄶以下真無譏焉。惟徐四者猶不失為鉄中錚錚、故願得而甘心焉。黒黒又謂徐四曰儂年逾就木、相接恒河沙数、卒未嘗飽餮奈何。徐四曰人間無飽餮也、或遇五通九尾、給君一飽有之。黒黒曰何謂五通九尾。徐四曰五通能通五竅、九尾直達尾閭、皆引人到極楽世界、非尋常媾合也。黒黒曰安能得之。徐四曰求則得之、由是沈思黙想、朝夕焚香禱告。屛絶泛交、夢中常呼通叔叔尾爹爹不絶。訖無効験。

　趙声谷の話——蘆墟（江蘇）の徐四は尖頭船の船頭だ。戊申の冬、弔烏程へ行くとき、雇ったのが彼の船だった。

　三〇過ぎの徐四は鼻が大きく、頬鬚を生やした好色漢だ。性に熱中する多情な女、黒黒と懇ろになった。

　彼女はこう言う。

「人は男、そして一晩中、場所は寝台に尽きるわ。人生はあっという間よ。思いっ切り楽しんで死ななきゃ損でしょう」

　いつも相手が変わっていた。必ず夜通し大きな蠟燭を灯し、光が隅々まで行きわたるようにしている。魚麗鶴鵝、五花八門（四八手の裏表）と体位が次から次へと変わる。壁越しに上から覗いている者は、あっけにとられてしまう。

　黒黒の城は堅固だ。攻撃はますます激しくなってくる。鎧を捨てて逃げないと、追撃されるのは間違いない。男はしっぽを巻いて退散する。虎の鬚をなでたりしたら、生きて帰れないだろう。

　黒黒は関係した男たちを品定めし、曳落河（若者）、万戸侯（高官）、二千石（府の長官）、穿楊枝（弓の名人）、蠟鎗頭（蠟の鎗《やり》のように弱い）、黔驢技（見せかけの技）、鉄中錚錚（傑物）、そして自鄶以下（評価するに当たらず）に分けていた。

黒黒に太刀打ちできるつわものはおらず、戈は武器にならなかった。それでも誘い、試した男はたくさんいた。

そんな中で、曳落河、万戸侯、二千石、穿楊枝は、まあ誉めてやってもいい連中だ。しかし、手取り足取りして教え、力づけてやらねばならず、ただ言うとおりになるだけで持ちまえの技がない。蠟鎗頭と黔驢技はありふれた兵士。鉄中錚錚はさておき、そのほかは自鄶以下だ。

ただ徐四だけは、今も鉄中錚錚だったから、黒黒は甘んじて要望を受け入れていた。黒黒は徐四にこう言う。

「だんだん年を取っていく。男は恒河《ガンジス》の砂の数ほど知ったけど、まだ、もういいという気持になれない。どうしたもんだろうね」

「この世では無理だぜ。ひょっくら、五通九尾に出会えば、願いがかなうかもな……」

「五通九尾ってなんなのさ？」

「五通九尾てえのは、五つの竅《あな》に通じることができるってことよ。九尾はじかに尾骶骨に達するっていうんだから、おめえ、そりゃ尋常の媾合《まぐわい》じゃねえ、こいつにやられたら、どんな女も三千世界が一所に集まったようになって極楽往生だ！」

「どこに行ったら、そんな男に会えるのだい？」

「会いたい、会いたいと一心に思ってりゃ、巡り会える。朝晩、線香を上げて祈るこった。変わりばえのしねえ連中は、いっさい寄せつけちゃいけねえ。そして夢の中で、『通叔叔、尾爹爹（通さん、尾さん)』と、いつも呼んでやるんだ」

黒黒は早速やってみた。

しかし、五通九尾は現れなかった。


清、嘉慶五年（一八〇〇）に出版された刊本から、清末に采風報館が鉛印にして出した本、それと民国の時代に上海進歩書局が石印にして出した本が上海辞書出版社に残っている。

また台湾、新興書局は、上海進歩書局の石印本を影印にして『筆記小説大観』の中に収めている。いずれも刊行年は不明。

「長州破額山人新編、衢州幸楼主人校刊」という題がある。破額山人の書いた序があり、末尾に嘉慶庚申（五年）秋八月と記されている。成立・出版年月は、この記載に基づいているのだ。

破額山人は江蘇、蘇州府呉江県の人で姓は沈といい、清の乾隆から嘉慶の時代にわたって生きていたということが分かっている。しかし、どんな人物だったか詳しいことは不明。

『株林野史』

房中術を身につけた淫婦、夏姫を取り巻く男たちを描いた艶情小説。白話体、一六回。作者は不詳。

「株林」は『詩経』陳風にある詩、夏姫のもとへ通う霊公のことを歌った「株林」から取られている。株は夏氏の領地、林は郊外という意味だ。この詩は『株林野史』第五回にも引用されている。

梗概――春秋時代の物語。鄭の君主、穆公の娘、素娥は傾国の美女だった。一五、六歳の時、浪游神という仙女と夢で会い、素女の採戦法（房中術）を授かる。

素娥はいとこ、子蛮と関係する。子蛮は夢中になり、房事過多で死亡した。素娥は陳の大臣、夏御叔に嫁いで夏姫になり、徴舒を生む。そのうちに御叔も精を吸い採られて死亡する。死ぬ前、徴舒を同僚の大臣、孔甯に託した。夏姫はすでに孔甯と心が通じ合う間柄になっていたのだ。孔甯は女中の荷花を誘惑し、彼女を介して夏姫とも通じるようになる。

夏姫は株林に居を移す。酒に酔った孔甯は大臣、儀行父に、つい夏姫の魅力をもらした。彼も夏姫に引かれて関係をもつ。夏姫のことを知った陳の君主、霊公は、株林の夏家への幸行を口実にして宿泊した。こうして一君と二臣が夏姫のとりこになり、宮中で彼女からもらった衣服を見せて自慢し合ったという。

徴舒は一八歳に成長し、武芸の達者な若者になっていた。夏姫の口ききで、霊公から軍を取り仕切る権限を与えられる。ところが、母と霊公の醜い関係を知り、株林で霊公を射殺す。新しい君主、成公を立てた。

孔甯と儀行父は楚へ逃亡した。楚の大臣、屈巫を唆して君主、荘公に陳への出兵を要請させた。徴舒は殺され、夏姫は奪われる。彼女はすでに五四歳になっていた。それでも昔と変わらず、一七、八歳に見えたという。

荘公は夏姫を妾にしようとした。しかし、屈巫に言葉巧みに諌められ、年を取った連伊（弓矢をつかさどる官）の襄老に与えた。実を言うと屈巫も夏姫の魅力に引かれていたのだ。孔甯と儀行父は相前後して徵舒の怨霊に取り憑かれて死ぬ。

一年もしないうちに襄老は戦死する。夏姫は彼の息子、黒対を誘惑して憂さをはらす。屈巫が夏姫を連れて晋へ逃げ、大臣になる。屈巫は巫臣、夏姫は芸香と名前を変えた。

芸香は公主（君主の娘）と親しくなる。ところが駙馬（夫）の欒書は芸香に魅了された。彼は巫臣に気持を伝え、夫婦交換を申し出る。うまくいき、日夜楽しんでいた。それを知った君主は兵を出し、欒書と巫臣を捕えて殺す。芸香は夜游神に助けられ、姿をくらましたという。

第四回――霊公便擁抱入帳解衣共寝、只覚夏姫肌膚柔膩着体欲融、歓会之時宛如処女。霊公怪而問之、夏姫道「妾有伝法、雖生子之後、不過三日花房充満如故」霊公便道「寡人雖遇天仙、亦不過如此矣」論起霊公陽物本不及孔儀二丈夫、況又有孤臭之気、更没甚好、只因他是一国之君、夏氏也未免懼三分勢力、不敢択嫌於他枕席上、百般献媚、虚意奉承。恐怕霊公気弱、叫霊公仰臥、自己騎在霊公身上、将両股夾緊、一起一落就如小児口吃桜桃的一般、弄得個霊公渾身麻痺一洩如注。二人遂抱頭共寝、須臾霊公淫興復作挺鎗、又戦一夜之間雲雨七次、霊公渾身如散、四肢難挙、力倦而睡睡至鶏鳴。

霊公はすぐに夏姫を抱いて帳の中へ入った。ともに衣服を脱いで寝台に横になる。夏姫の肌は柔らかく、くっつけると溶けるようだ。挿入すると、まるで処女のようだった。霊公は不思議に思い尋ねた。「わたくしには授かった法があります。子どもを産んでも、三日後に花房《ちつ》はもとのように小さくなります」「天女のように美しいおまえとめぐり会ったのに、拙者にはこれだけの力しかない」陽物についていえば、霊公の物は孔甯と儀行父に及ばず、それに孤臭《わきが》だったから、あまりよくなかった。それでも一国の君主だから、夏氏もいささか引け目を感じ、嫌がるわけにいかなかった。うわべをつくろい、媚びへつらった——おそらく霊公は強くないだろう。夏姫は仰向けにならせてまたがり、ぐっと挟んで腰を上下に動かした。子どもが桜桃を食べているようだ。霊公は体じゅうがしびれてきて、あっという間にいってしまった。二人は頭に手を回して横になった。霊公はすぐまた興奮し、鎗をぴんと立てて始めた。こうして一夜のうちに七回もした。霊公はぐったりと手足を投げ出し、鶏が鳴き出すまでひと眠りした。

清代の古い抄本以外に、「艶情小説株林野史」という題の坊間（民間の書店）の石印本（南京図書館、オランダ・ライデン大学漢学研究院図書館蔵）がある。清末と中華民国初頭に出された、いくつかの石印本には、「艶春軒居士編」、あるいは「痴道士編輯」という筆名が記されている。また題を『繡榻野史』（明、呂天成）に変えた坊間本があり、ほかの書物で『野史』とだけ書いて紹介されている場合、どちらなのかまぎらわしい。

紅豆書屋が出版した排印本『玲瓏本聚珍小叢書』十種の中に、「株林鏡」という題のついた『株林野史』がある。また、中華民国六年（一九一七）、上海小説社が出版した、六巻一六回本があり、「痴道士編輯」と記されている。

一九九〇年、台湾天一出版社は、この上海小説社本を影印にして、『明清善本小説叢刊、第一八輯・艶情小説専輯』の中に入れている。

『株林野史』は、嘉慶一五年（一八一〇）、御史、伯依保が上奏した五種類の禁書の中に入っている。刊行はこれ以前だとわかる。成立は乾隆年間だろうと推定されている。

『妖狐媚史』

清代の白話体、章回艶情小説。六巻一二回。

第四回――這明媚是個有仁義的書生、不肯狂風驟雨、軽軽的将陽物往陰戸一聳、只進去一個亀頭。雲香見這家伙太大、自己的陰戸窄小不能承受、便有些驚恐之色、将陰戸往後一縮、亀頭唧声掉出。明媚欲火難支、又把陽物往陰戸一伸、雲香又往後一縮、此番比先次微覚有些寛濶、連亀頭進有寸余。雲香忍著疼痛不好説出口来、用手将陽物一摸、就如那鉄硬一般、還有三寸多長在陰戸外辺、又熱又粗、把陰戸堵得満満当当、無糸毫之縫。心中老大著忙、遂勉強笑道「官人的這個東西、如何恁般抜頂呢？」。

明媚は優しい書生だったから、乱暴なことはできず、そっと陽物を押しつけ、先の部分だけを入れようとした。雲香が見ると、大きすぎて入りそうもない。驚き怖くなって、腰をちょっと引いた。亀頭はすぽんとはずれてしまった。燃えている明媚は我慢ができず、すぐに入れようとしたので、雲香はまた後退した。しかし、前より少し広がったような感じがして、すっぽり入った。雲香は痛かったが声を押し殺し、ちょっと触ってみた。鉄のように硬い。入りきらずに、まだ三寸余り残っている。熱くて太い。中はきつく、ぱんぱんではちきれそうだ。雲香はおたおたしながら作り笑いを浮かべた。「あなたの物は、どうしてこんなに立派なの？」。

梗概——宋の時代の話。江西の青峰嶺に桂香、雲香という雌の古狐がいた。美女に化けて街の寺の縁日で催される演芸会を見にいった。金持、春匯生の息子で、まだ一六歳の書生、美貌の春明媚も、小僧の春発児を連れて見物にきていた。

彼に引かれた二匹の狐は、前世で結ばれていた間柄だと言葉巧みに誘う。仙女だと騙して洞窟の中の梅花暖亭に連れていく。近くの南風洞窟にこの雌狐たちと深い仲になっていた二匹の雄狐、海里娃と到口酥が住んでいた。留守の間に訪ねてきた。しかし、彼女たちがいないものだから、奥の部屋で同性愛に耽っていた。小便に行った桂香がそれを見て仲間に入る。

その間に明媚は雲香と抱き合った。終わったとき、桂香がもどってくる。明媚は今度は桂香と始める。燃えてきたとき、海里娃と到口酥が現れ、義理の兄になったと冷やかし、彼らは雲香と戯れ始めた。

その夜、この世に巣喰っている妖魔を退治する郁雷神が現れ、雄狐は稲妻に打たれて死ぬ。雌狐たちは洞窟内の石の下に閉じ込められた。明媚は諭され、過ちを認めて家へ帰されることになる。明媚は家に帰る途中、一〇〇〇年の古狐、仙女の月素に出会う。五〇〇年前、狩で捕まえられたとき、明媚が助けてくれたから、恩返しにやってきたのだ。二人はいっしょになり、月素の廟で暮らすようになる。

小僧は明媚が寺の縁日でいなくなったことを主人に告げるのが怖くなる。隣の屠能に間に入ってもらうことにした。この男は以前、春家の使用人だった。ずる賢い奴で、春家の金を少しずつくすねて独立したのだ。

春匯生は手を尽し、息子を捜すことにした。そのとき、妖怪を捕まえるのが上手だという道士、生意と生心がやってきた。実を言うとこの二人は金を盗んで捕まり、脱獄した悪党だったのだ。弱みにつけこみ、布施を募り、山へ行って捜してくると申し出る。父親が寄進した金を屠能に預けて山へ入った。生心は虎に食い殺され、生意は逃げ帰る。

屠能は生意の金を奪おうとする。怒った生意は家に火を放ち、取り返そうとした。ところが反対に殺され、屠能も焼け死ぬ。役所は春匯生が犯人だと勘違いし、捕まえて牢に入れた。

月素が計画を練り、春匯生を救い出す。明媚は月素から学問を習う。山を下りて科挙にいどみ、最後の殿試は二位で合格した。

殿試官、梅尚書には朱雲という娘がいて、王兵部の息子、王公子と婚約していた。実直な王兵部は梅尚書に逆らい、罷免されて死ぬ。梅尚書は王家と婚約を解消し、明媚を婿にしようとした。月素は法術で王公子を明媚に変え、結婚させた。朝になって姿がもとの王公子に戻ったが、後の祭りだった。

また、明媚を王家の娘と夫婦にさせた。月素を一目見た梅尚書は忘れられなくなる。夢の中で元陽を吸い採られて死亡する。

梅夫人は寂しくなり、王夫人に一緒に住んでほしいと頼む。王夫人は娘と婿の明媚、そして月素も連れて移り住んだ。

その後、春明媚は文林郎、王公子は総兵に出世する。どちらも子どもを二人もうけ、幸せな日々を送った。月素は恩返しが出来たので山へ帰った。


東京大学東洋文化研究所に、松竹軒版の写本が保管されている。また、清代の写本が、米国ハーバード大学燕京図書館に残っている。扉の右上に「開巻一笑」、中央に大きな字で「妖狐媚史」、左下に「松竹軒編」と記されている。目録の頭に「新編妖狐媚史」、各巻の頭に「新編妖狐媚史小説」と描かれている。序、跋、挿絵はない。刊刻年月も記入されていない。松竹軒はどんな人物か不明。

『妖狐媚史』は清代の禁毀書目の中に再三取り上げられ、発禁になっている。最初に名前が出てくるのは、道光一八年（一八三八）、江蘇按察使が発令した禁毀書目だ。それで成立は清の中葉、あるいはそれ以前だろうと推定されている。

松竹軒版の写本は排印本にされ、『中国歴代禁毀小説海内外珍蔵秘本集粋』（台湾、双笛国際出版、一九九四―九六）の中に納められている。

『品花宝鑑』

清代、梅子玉と琴言、男同士の恋慕の情をテーマにした章回六〇回、一五巻、白話体の小説。当時の腐敗した社会を諷刺した貴重な風俗資料でもある。またの名を『怡情佚史』『群花宝鑑』『燕京評花録』『都市新談』という。

梗概――北京の演劇界には四大一座があり、袁宝珠、蘇蕙芳、李玉林たち八人の有名な小旦（少女役）がいた。男だが女のようで、西施のように美しい。「曲台花選」に出演し、人気を博していた。男好きの金持ちは熱を上げて夢中になった。小旦の中には座長から相公（稚児）にさせられる者もいたのだ。蘇州から新たに琪官と琴言、二人の小旦が買われてきて、八人の仲間入りをした。琴言は色っぽく、芸はずば抜けていた。

純情一本気な琴言は偶然会った梅子玉を好きになる。梅子玉は翰林学士、梅士燮の息子で、美男の才子だった。身分は違うが、彼も琴言を好きになる。琴言の舞台「尋夢」を観て、二人の仲は更に深まり、慕い合うようになった。

金持ちの後援者、徐子雲も琴言が好きだった。二人の一途な愛にほだされ、自分の屋敷で会わせてやった。

南から出てきた魏聘方は梅家の世話で金持ち華公子の相談役になる。琴言に邪険にされたので、子玉との仲を裂こうとした。また金持ちの放蕩息子、奚十一も琴言をものにしようとする。子玉は琴言と会えないので病気になった。困っていた琴言を、徐子雲が大金を出して身請けし、屋敷に置いて子玉と一緒にさせた。

その後、琴言は儒学者、屈道生の義理の子となる。屈道生は南昌府の通判になり、琴言を連れて江西へ赴任する。梅子玉とは涙を流して別れた。

屈道生は江陵で友人、侯石翁と山に登り、大怪我をした。それが原因で病死する。金と持ち物を盗まれ、寺で世話になっていた琴言を、侯石翁が金で釣ろうとする。しかし、きっぱり断った。梅士燮が赴任先の勤めを終えて都へ帰る途中、江陵で琴言と会う。そして、北京へ連れて帰った。梅子玉は殿試に受かって編修の職に就き、従姉妹で顔が琴言と似ている王瓊花と結婚していた。梅士燮は琴言を養子にして、一緒に生活することにした。

李玉林など九人の小旦も、徐子雲たちの援助で梨園から身を引き、書画骨董を扱う店「九香楼」を始めた。体を売る苦海から抜け出し、やっとまともな生活を送れるようになったのだ。

第一九回——第三回他師傅又請了許多相公、再請他、他便不来了。他師傅総想他是個大頭、逼着玉林去請安。他更壊、大約心裏就打定主意、留玉林吃飯、又灌了玉林幾杯酒、也騙他看那桶子。不曉得玉林在哪里風聞這個桶是哄人的、就不去看。他没法子、只好強奸起来、仗着力気大、就按住了玉林。玉林不依、大哭大喊的。他的跟班聴見了、要進来瞧、奚家的人又不准他進来、他就硬闖了進来。只見按住了玉林、已経扯脱褲子了、看見有人進来、纔放手、只得説与他玩笑、小孫子不知趣。玉林就一路整着衣裳、哭罵出来、跟班的又在門房嚷了幾句。

三度目、座長はまたたくさん旦那を招待し、再び彼（奚十一）を呼んだが来なかった。座長は後援者の大物だと思っていたから、玉林をご機嫌うかがいに行かせた。彼は本性を現し、これ幸いと玉林を引き留めてご飯を出し、更に酒を飲ませた。そして例の桶を見せようとした。まさか玉林が桶のからくりを知っているとは思っていなかったのだ。ところが応じないので、むりやり犯すよりしかたがなかった。力ずくで押さえつけたが許さない。大声で泣き叫んだ。外で待っていた付き人がそれを聞き、見に入ろうとした。奚家の者が止めたので、強硬に中へ入った。玉林は押さえつけられ、ズボンを脱がされている。奚十一は人が入って来たのに気づき、やっと手を放した。「ふざけていたんだ。こいつはまだ子どもだな」玉林は急いで着物を着て、泣き声でののしった。付き人も入口の所でどなった。

〈桶〉中にある宝石や貴金属を取ろうとしたら、両手が抜けなくなる仕掛けになっている。桶は重たいので、上体を起こせない。後ろから犯されてしまう。

版本の数は多い。現存している最も古い刊本は、道光二九年（己酉、一八四九）の幻中了幻斎刊本（首都図書館及び英国図書館蔵）だ。ほかに道光覆刻本、咸豊覆刻本、光緒覆刻本、一九〇〇年代初頭の石印本二種類、民国二〇年（一九三一）の受古書店鉛印本（杭州図書館蔵）などがある。

幻中了幻斎本の中扉の裏に「戊申年十月幻中了幻斎開離、己酉四月工竣」と記されている。戊申は道光二八年（一八四八）、己酉は同二九年（一八四九）だ。石函氏と幻中了幻斎の序、臥雲軒老人の題詞がある。作者名は記されていない。

しかし、石函氏の序から、作者は石函氏本人、陳森だと分かる。陳森（嘉慶元年？―同治九年？・一七九六―一八七〇）、字は少逸、号は石函氏、採玉山人で江蘇常州の人。若い頃、北京に住んでいた。何度も科挙を受けたが受からず、妓楼で遊び、京劇をよく観た。粤西《えっせい》（今の広西壮族自治区）の大守、鄭祖琛に招かれて同地へ赴き、四年滞在してまた北京へ戻った。暇があると著作にふける。『品花宝鑑』は約十年の歳月をかけ、道光一八年（一八三八）に完成、最初は抄本で流布した。

台湾天一出版社『明清善本小説叢刊』（一九八五）に幻中了幻斎本が影印に、人民中国出版社『明清佳作足本叢刊』（一九九三）に同本が排印にされ収められている。

『大姑娘十八摸』

俗謡の艶曲唱本。数多くある艶曲のなかでも人気のあった代表的な歌で、通称「十八摸」といわれている。

「十八摸」は男が女の体を髪の毛から始めて、あちこちを下の方へ触っていく歌だ。花鼓戯（旅芸人〉の男女が唄いながら文句に合わせて実演して喝采を浴びた。

緊打鼓　慢篩鑼　停鑼住鼓聴我説
諸般閑言全不唱　聴我唱回十八摸
伸手摸姐頭髪辺　烏雲遮了半辺天
伸手摸姐脳嗑辺　天庭飽満愛殺俺
伸手摸姐眉毛辺　分散死央眉中寛
伸手摸姐小眼児　黒黒眼睛把郎観
伸手摸姐小鼻子　悠悠熱気往外攢
伸手摸姐小嘴児　桜桃小口笑連連
伸手摸姐下嗑尖　下嗑尖尖在脳前
伸手摸姐耳朶辺　八弁釵環打鞦遷
伸手摸姐肩膀児　肩膀同郎一般寛
伸手摸姐胳肢窩　胳肢窩楼報郎肩
伸手摸姐小手児　賽過羊毛筆一管

〽太鼓を乱れ打ち　銅鑼《ドラ》はゆっくり　震わせて　ぴたっと止めたぞ　さあ前口上は抜きにするから　俺が唄う十八摸を聴いてくれ　手を伸ばして姐《ねえ》ちゃんの髪をさわる　黒い髪がふさふさしている　手を伸ばして姐ちゃんの額をさわる　こりゃ広くて貴人の相だ　まいったな　手を

伸ばして姐ちゃんの眉毛をさわる　眉はほどよく離れてひっついていない　手を伸ばして姐ちゃんのかわいい目をさわる　黒い瞳がこちらをじっと見ている　手を伸ばして姐ちゃんのかわいい鼻をさわる　ふっと熱い息がかかる　手を伸ばして姐ちゃんのかわいい口をさわる　桜桃のような小さな口でくすくす笑う　手を伸ばして姐ちゃんの顎《あご》をさわる　顎はしゃくれて前に出ている　手を伸ばして姐ちゃんの耳をさわる　八つの花弁の耳飾りがぶらんこのように揺れる　手を伸ばして姐ちゃんの肩をさわる　俺と同じで幅が広い　手を伸ばして脇の下をさわる俺の肩に抱きついた　手を伸ばして姐ちゃんのかわいい手をさわる　羊の毛の筆より細い

〈楼報〉摟抱と解釈した。

さらに、みぞおち、あばら骨、乳、腹、臍、尻、そして股と、じょじょに下へ進んでいく。それらしい感じがする俗っぽい言葉や比喩が出てくる。また当て字もあったりして残念ながらよくわからない。

続いてこう唄われている。

老年听了十八摸　少年之時也摸婆
学生听了十八摸　昼夜貪花嫖老婆
光棍听了十八摸　摸了個枕頭当老婆
和尚听了十八摸　摟抱徒的叫哥哥
尼姑听了十八摸　睡到半夜没奈何

〽爺さんが十八摸を聞いたら　若い頃のように婆さんをさわる　若者が聞いたら　昼も夜も夢

中で女遊びをする　男やもめが聞いたら　枕を女のかわりにしてさわる　和尚が聞いたら　弟子を抱いておまえと叫ぶ　尼さんが聞いたら　夜中になっても眠れない

〈听〉聴と同じ。原文のままにした。

『大姑娘十八摸』は青雅山房が発刊した刻本。もう一冊『姑娘十八摸』という題で、版元不記の刻本も残っている。大きさは文庫本とほぼ同じ、わずか七頁の小さな薄い本だ。内容は字の違うところが数個所あるだけで、だいたい同じである。しかし、『大姑娘十八摸』の最後には「如有翻刻此原様者、男盗女娼」（これを翻刻する者がいたら、男は盗人、女は娼婦だ）という一文が付け加えられている。

俗謡は人から人に唄いつがれて流行っていく。なかには目の悪い大道芸人夫婦が唄って広がったという艶曲もある。しかし、作詞・作曲者はみな不明だ。

清、同治七年（一八六八）、江蘇巡撫の丁日昌が発令した禁毀書目には、淫詞小説のほかに一一二種の「小本淫詞片目」が含まれている。

小本淫詞片目というのは小さな薄い艶曲唱本のことで、このなかには「十八摸」の名も挙がっている。それにしても槍玉に挙げられた唱本が一一二種もあったとは驚きである。

「十八摸」はいつ頃から流行りだした歌かはっきりしない。同治時代に禁毀書目の対象にされていることから推測して、少なくとも五、六十年前、乾隆末から嘉慶初にかけてではないだろうか。

唱本は禁書にされたが「十八摸」はその後も唄いつがれ、清末から民国初に至るまで代表的な艶曲にされていたという。

＊

澤田瑞穂著『中国の庶民文藝』（東方書店、一九八六年）、上輯「歌謡」の艶曲小談では、「十八摸」のほかに次のような時調小曲の唱本が紹介されている。

北方・河北地方――「去抱柴」、「姐児南園去抱柴」、「抜大葱」、「姐児抜大葱」、「抜白菜」、「摘黄瓜」、「小大姐偸情」、「掏灰爬」、「色鬼急狠」など。

江南・江浙地方――「売胭脂」、「売橄欖」など。

最後はこう結ばれている――今日の中国では、この種の艶曲艶劇は、社会の表面からまったく響を絶ったことであろうし、また将来に復活する可能性も少い。してみれば、その片鱗は古い唱本類のうちにしか、これを窺い知るよすがはない。しかもその現物が存するかぎり、体裁が悪いからとて、それは誣妄だとはいえまい。士人君子の口にも筆にもすべきものではないとは知りながら、あえてこれを筆にしたのは、中国文学史には、陽のあたるおもて大街からすぐ入ったところに、薄暗い隠花も咲く狭斜の小巷もあったことを語ろうとしたからである。

滋賀の大津におられた頃、澤田先生のお宅にお伺いしたことがあった。夕食後、一杯機嫌で犬に引っ張られながら、花火大会の会場まで案内してくださった姿がついこの間のようによみがえる。

『杏花天』

白話体の章回艶情小説、四巻。四巻の内、一、二巻は四回、三、四巻は三回、全部で一四回（章）の構成になっている。

杏花天は詞牌にもなり、詩の中でもよく使われている言葉だ。春天（春）という意味である。春は情欲、情事の隠語になり、春情・春画・春薬など日本語にもなっている。

『杏花天』という題が象徴しているように、憐香惜玉（色好み）で房中術を身につけた主人公、封悦生が狎妓窃女（芸者遊びをしたり、他人の女を盗んだりする）の放蕩生活を送り、窃玉偸香（女とひそかに情を通じる）の性愛描写が全体の約三分の一を占める色情淫穢小説だ。

梗概——舞台は隋の時代。揚州の封悦生には、洛陽の豪族、藍芝に嫁いだ姑媽《おば》がいた。夫の芝は死亡する。三人娘、珍娘、玉娘、瑶娘は絶世の美女だった。

珍娘は傅貞卿に嫁ぐ。貞卿は龍陽《ホモ》で、小官、花俊生と深い仲になっていた。珍娘とはうまくいかず、俊生を連れて商売の旅に出てしまった。

封悦生は大の女好きだ。両親は死亡していない。自由に女遊びができた。ある日、悦生は房中術に通じた全真道人と出会う。何人も相手にできる強精薬「三子丹」と女を迷わせてその気にさせる春薬

「飛燕迷春」を授かった。前者を使って嫖妓（遊女）、雪妙娘と心ゆくまで楽しみ、また後者を使って隣の家の女、連愛月をものにした。

今度は古棠で道士、張万衲子と出会う。御女法、比甲之術を教わる。妙娘を身請けした。彼女は房事過多で死亡する。

翌年、悦生は洛陽へ行き、藍家の姑媽を訪ねる。途中、北門の毛家の小さな宿屋に泊まった。主人の妻、閔巧娘と妾、卞玉鸞と私通する。玉鸞は姑媽の義理の娘だった。藍家を訪ねた悦生は、姑媽の六〇歳の誕生祝いの宴席で珍娘たち三姉妹、それから姑媽の養女、龐若蘭と出会う。玉鸞に仲介役になってもらい、この女たちを次々ものにした。

また義兄弟の契りを結んだ遊び仲間、王世充、仇春たちと女を買ったり、賭博をしたりして享楽に耽った。

傅貞卿が旅先で盗賊に殺害され、姑媽が死亡した。藍家の財産を手に入れた悦生は、珍娘たち三姉妹と龐若蘭を引き取り妻にした。また、妓女の馮好好、方盼盼、繆十娘を妾にする。さらに、宿屋の主人が死亡したので、巧娘と玉鸞を引き取って妾にした。

王世充と仇春は隋朝の暴政に怒り、兵を挙げる準備を始めた。悦生は巻き添えを食うのを恐れ、女たちを連れて揚州に引き揚げた。そして封家の財産も自分の物にし、一晩に九人の女を相手にする楽しい日々を送る。その後、昔馴染みの愛月とその妹、愛梅、さらに妓女の戴一枝を加え、金釵（婦人）は一二人になる。

ある日、杏花洞天で仙人から享楽の生活を戒められる夢を見る。悦生は心を入れ替え、外で女遊びをするのをやめ、一二人の妻や妾たちだけの生活にもどる。財産を蓄え、一〇〇人の子供は皆役人になり、悦生と婦人たちは天子から恩恵を賜わって幸せに生涯を送った。

第二回――固精有妙訣、作用不尋常。左手拿住亀、右手摩頂梁。臥時数数百、前軽後重忙。但覚微精動、三揹谷道蔵。急時小便縮、提起望明堂、辛酸頻水洗、纔得剣堅剛。一匕臨頂奪、誠心不要狂。尾尾依前法。亀身九寸長。煉形採補薬、却病一身康。

効果抜群、精を漏らさない秘訣。左手で亀頭をしっかり持ち、右手で竿の背をこする。頭を垂れているときは、一〇〇回ほどせかせかと軽く前に押し、強く引くようにする。いきそうになったら、三回ぐっと肛門をすぼめて止める。今にも出そうになったら、小便を止める要領でこらえて元にもどし、心の目で見て明堂（鼻）の方へ引き上げる。辛く酸っぱい水で何度も洗うと、剣のようにぴんとする。いきそうになったところで、さっとすくって奪い採る。心を静め、夢中になってはいけない。たびたびこの方法を繰り返していると、亀身（陰茎）は九寸の長さになる。体を健全にする薬（女の精気）を採って補う道家の術は、病気をなくして健康な体にする。

同時代の艶情小説『梧桐影』、『株林野史』などでも、房中術を身につけた主人公が登場する。しかし、精気を吸い採って補養にする描写だけで、具体的な技法が説明されていない。その点で、『杏花天』は異色だといわれている。また、性愛描写が多いことは言うまでもない。

別名、『閨房野談録』、『紅杏伝』、『悦生外伝』ともいわれる。

清初、嘯花軒の刊本（東京大学東洋文化研究所蔵）、清の刻本（北京大学図書館蔵）、清、光緒二二年（一八九六）刊、香港賞奇書局石印本（天理大学附属天理図書館蔵）などの版本が残っている。最初の嘯花軒本は、一九八五年、台湾の天一出版社が影印本にして出版した。また最後の石印本は一九七九年、日本、鬼磨子書房（池本義男氏）が影印本にして出版している。

嘯花軒本は本文の冒頭に「古棠天放道人編次」、「曲水白雲山人批評」という題が入っている。作者名は記されていない。また編者と批評者についても、どのような人物だったか不明だ。

編者の古棠天放道人については、孫階第が『中国通俗小説書目』（人民文学出版社、一九八二）で「張という人物ではないだろうか」といっている。

この人物は本文の第二回に登場する、古棠に住んでいる道士、張万衲子のことだ。悦生は古棠でこの道士に会い、房中術を伝授される。古棠は古い地名で、江蘇六合のことだ。それで、古棠天放道人は道士、張万衲子ではないかと推測したのだ。

『九尾亀』

清代末、妓楼を中心にして、悪に満ちあふれた世相を描いた白話体の長編小説、一二集、一九二回。著者は漱六山房。

梗概――江南、応天府の章秋谷は詩が上手で酒も強い風流才子だ。また腕も立ち、ほれぼれするいい男だ。平凡でおもしろくない夫人に満足できず、妓楼巡りの旅に出ることにする。まず蘇州へ行き、二人の妓女と仲好くなる。次に上海に出て、妓楼界で遊び人としての名を高めた。

義侠心に富んだ秋谷は、妓女にだまされて困っている上流家庭のお坊ちゃん、方幼惲や名門の息子、劉厚卿たちを助けてやる。また妓女とぐるになり、秋谷をだまして金を取ろうとしたやくざ、王雲生をやっつけた。呉淞口砲台の指揮官の息子、金和甫はやくざを雇って秋谷と仲の好かった妓女、陳文仙をいじめようとした。しかし、これも反対に秋谷にやられてしまった。

秋谷は文仙を一番可愛がっていた。彼女の心を試してみようと、わざと金がないふりをした。文仙は彼女の装身具を秋谷に渡して金に換えさせた。秋谷は文仙を妾にし、その後も楼妓通いをやめようとしなかった。それでも文仙は文句を言わず、なにかと便宜を図ってやった。秋谷は道で会ったきれいな娘、伍小姐に思いを寄せる。しかし、まじめで身持ちも堅い。文仙は伍小姐の家の女中を買収して伍小姐のおばに間に入ってもらい、巧みに秋谷と二人だけにして思いを遂げさせた。

江西で巡撫をしていた康己生は秋谷と親しかった。職を退き、家族を連れて上海へやってきた。妓女、王素秋をかわいがるようになる。正妻はあきれて実家へ帰ってしまう。己生には妾が九人もいたのだ。ところがとんでもない連中で、己正の息子や使用人と私通していた。己正に九尾亀というあだ名がついたのはこのためだ。

秋谷はしばらく天津へ行き、また上海へ戻ってきた。呼び寄せた家族がいる上海で、科挙の試験を受ける準備をしようと思ったのだ。ところが病気になり、試験はあきらめて養生に専念する。母親といっしょにのんびりしたり、妻や妾と話し合ったりして平凡な日々を送る。

病気が治ってから、ふとしたことで大きな煙館（阿片を吸わせる店）を経営しているおかみ、私娼の老二と知り合う。秋谷は友人の辛修甫たちとその店を訪ね、名妓、賽金花と出会った。二人は仲が好くなり、修甫にそそのかされ、とうとう深い関係になった。

翌年、国に慶典があり、突然、郷試が行われることになる。秋容は両親、妻、妾を安心させようと思い、南京へ行って受験した。しかし、落ちてしまう。

世の中が変わり、上海の妓楼もだんだん寂れてきた。役人をしている友人が広州から、集めた租税を納めに上海へやってきた。秋谷は誘われて広州へ行く。広東でおもしろい人物と知り合い、しばらく滞在することになるところで話は終わっている。

第一二五回――康中丞軽軽的躡着脚歩走到門口、在門縫裏頭看時、只見他那位令郎和那位三少奶奶本来個人並肩坐在処的、忽然間三少爺附着三少奶奶的耳朶、不知説了一句什麼、三少奶奶「格支」一笑、挙起手来打了三少爺一下。三少爺道「這裏又没有人、怕什麼？　這個地方、只要老頭子出去了、是没有一個人来的」三少奶奶道「我不要、你便怎会様呢？」三少爺笑道「你不要也由不得你」説着便走過去、把門簾放下、関上了門、走過来不由分説、軽軽的一把把三少奶奶抱了起来。両個人霎時間並蒂花開、鴛鴦夢穏、尤雲殢雨、倒鳳顚鸞。只把一個裏面的康中丞気得軟作一団、看看両位宝貝這様的風流放誕、青天白日的竟在花庁上串起戯来。

康中丞（己生）は足音を忍ばせて入口まで行き、戸の透き間から中をのぞいた。息子の三少爺と妾の三少奶奶が平然と寄り添って座っていた。突然、息子が妾の耳もとに口を寄せて何か言った。妾はくすっと笑い、手を上げて息子を叩いた。息子が言った。「ここにはだれもいないのに、何を心配しているんだ？　親父が出ていったら、もうだれも入ってこないよ」「いやよ。何をしようっていうの？」息子は笑い「いやでも、そうはいかないよ」と言いながら彼女から離れて戸のカーテンを下ろし、しっかり閉めた。もとに戻り、有無を言わさず三少奶奶をさっとつかまえて抱き締め、のりかかった。動きは激しい。上になり、下になって絡み合っている。可愛い二人が目と鼻の先で戯れ合っているのだ。それも昼の日中に、なんと客間でだ。

康中丞はそのようすを見て、頭に上りかけた血もひいてしまった。

九尾亀は伝説上の珍しい亀だ。尾の両側に小さな尾が四本ずつ付いている。康己生はこの物語の主人公ではない。それなのに彼のあだ名、九尾亀がなぜだか題名になっている。

漱六山房は張春帆（？—一九三五）の筆名だ。名前は炎、毗陵（江蘇、常州）の人。長い間上海に住み、新聞に短編小説を載せていた。

『九尾亀』は『点石斎画報』に一九〇六年から一九一〇年まで連載され、宣統二年（一九一〇）に上海交通図書館から挿絵を入れた石印本で刊行（上海図書館蔵）された。張春帆はその後、広東などに行き、政府関係の職に就いている。『反倭袍』『宦海』『新果報録』『黒獄』などの作品がある。

上海古籍出版社『古本小説集成』（一九八九）に上記石印本が影印、斉魯書社『中国古典小説普及叢書』（一九九三）に同石印本が排印、人民中国出版社『明清佳作足本叢刊』第一輯（一九九三）に同石印本が排印にされて収められている。

Ⅳ　中華民国の時代

『性史』

北京大学哲学科教授、張競生（一八八八―一九七〇）が、北京で発行されていた新聞『京報』の文芸欄に募集の広告文を出して集めた性の体験レポートだ。

第一集「我的性経歴（一舸女士）」の助言――這「第三種水」丟時、女子如酔如痴、周身覚得痛快無比、過後又覚得些疲倦、与男子丟精的状態前後極相似。此時子宮内也呈極大的変動：一面分泌了許多子宮腺液、一面子宮頸内的積液被圧迫而外出。前項作用、有説這些子宮液得以減少陰道内酸素、使精虫得久在此中生存。後項的作用乃使精虫得以便利入子宮内。我假設卵巣也必於此時輸送卵珠到子宮内。此事雖未被人証明、但我想女子与男子的性作用大都相同。男子丟精、精虫同時送出、女子丟「第三種水」時、既与男子的丟精同様興奮和疲倦、那麼、由上「自然之例」推之、其卵巣必然同時有相当的工作、既是輸送卵珠下来子宮以備与精虫結合。

この第三の液が出るとき、女性は酔って訳が分からなくなったようになり、全身に強い快感がはしる。後に軽い疲労感が残る。これは男性が射精する前後の状態とよく似ている。またこのとき、子宮内にも大きな変化が生じ、子宮腺液が大量に分泌され、子宮頸部にたまった液が押し出される。この子宮腺液には、膣内の酸素を減少させ、精子を長く生存させる作用がある。さらに押し出された液には、精子を子宮内に導入する働きもあるといわれている。私はこんな仮説を立てている。おそらくこのとき卵巣から子宮内に卵子が送り込まれるのではないだろうか。このことはまだ実証されていない。しかし、女と男の性器の働きは対応した関係にあると考えられる。男の場合、射精と同時に精子が出る。女がこの第三の液を出すとき、男が射精するのと同じように興奮し、疲労するなら、先ほど述べた子宮内の変化が自然に起こる例から推測すると、卵巣もきっと同時に男の射精に対応した作用をしているに違いない。即ち卵子を子宮へ送り出し、精子との結合に備えるのだ。

張競生は女は三種類の液を分泌するといっている。陰核からの香液、膣壁からの液。そして膣口にある腺から出るバルトリン液。第三の液は絶頂時に出る最後のバルトリン液のことである。

清朝の封建時代の名残がとどまっていた一九一九年、北京大学の学生たちが中心になって起こした五・四運動がきっかけになり、新しい社会を築こうとする波が広がっていた。張競生が『性史』を発行した動機も、このような時代の流れがあったからだろう。女性解放問題もからませ、従来の儒教道徳（礼教）を批判する文章がところどころに出てくる。

第一集はイギリスの画家、ビアズリー（一八七二―九八）の版画・月娘が表紙に使われ、右側に北京大学教授哲学博士、張競生先生編、左側に北京優種社出版、定価一円と記されている。表紙も中身と同じざら紙の仮綴じB６版だ。

序の末尾に民国一五年（一九二六）四月北京、張競生編後附記と書かれている。また発行も同じ月だ。体験レポートが六編（男性五名、女性一名）収められ、各レポートの後に張競生の助言が付いている。その後に、やはり張競生の筆になる『京報副刊』に出した体験レポート公募の広告文「冬休み最良の憂さ晴らし法」と贅語（よけいな言葉）がある。

序で淫欲をそそる目的ではなく、性の正しいあり方を指導するためだと明記していたにもかかわらず、『性史』第一集は発禁になり、闇から闇へ伝わって四方八方へ広がっていった。

その後も『性史』は第二集、第三集と続く。さらに続々と登場し、全部で十数冊になるといわれている。しかし、何冊かはっきりしない。筆者が確認できたのは一二種類だ。

第二集は出版元は同じだ。しかし、北京大学教授哲学博士張競生先生編となっている本と、同様の肩書きで小江平先生編となっている本がある。どちらも内容は同じだ。体験レポートが六編（男性五名、女性一名）収められていて、各レポートの後に小江平が書いたと思われる助言が付いている。

奥付がないから、初版はいつ発行されたかはっきりしない。第一集（一九二六年四月）と第三集（一九二七年二月）が発行された間だろうと推測できる。

第三集は奥付はあっても出版元が抜けている。中華民国一六年（一九二七）二月に発行された初版は、編者覚公が緒言を一九二七年二月一八日に天津で書いている。体験レポートが八編（男性四名、女性四名）が収められていて、各レポートに覚公が書いた助言が付いている。

第一集は張競生が編集し、北京優種社から出版したことは間違いない。さらに第四集まで出す計画をたてていた。第二、第三集は体位、第四集は性具の話を集める予定だったという。ところが、第一集の発禁で実現しなかった。

張競生は『性史』の問題で北京大学を余儀なく辞職し上海へ移る。そこで編集した雑誌『新文化』第一巻で、現在市場に出回っている『性史』第二集は偽物で、全く関係のない本だと言明している。助言は第三集までで、それ以降の『性史』には付いていない。第二集の助言を書いたと思われる小江平は、第一集に「初次的性交」というレポートを寄せている人物だ。後に作家になった金満成だといわれている。第三集の覚公はどんな人物か不明だ。

『性史』にあやかって雨後の竹の子のように出た『性史外集』『新性史』『性友』『性芸』『新性芸』なども含め、第一集以外の『性史』も今となってみればそれなりに価値があり、貴重な体験レポートだといえる。

『白雪遺音続選』

民国一五年（一九二六）、鄭振鐸（一八九八―一九五八）は『白雪遺音』から抜粋して『白雪遺音選』を出した。これを読んだ汪静之（生没年不詳）が続選を出版した。これが『白雪遺音続選』だ。

それでは『白雪遺音続選』に基づいて情歌を紹介しよう。

情人愛我

情人愛我的腰兒痩、
我愛情人文雅風流。
初相交、就把奴家温存透、
解羅衣故意又把酥胸露。
你恩我愛、是那般様的温柔：
手拉着手、哎喲、肩靠肩兒走。
象牙床上羅幃懸掛勾、
哎喲、偺二人今夜晩上早成就。
舌尖嘟着情人口「哎喲、情人莫要丟！」
渾身上酥麻、顧不的害羞。
哎喲、是偺的不由人的身子往上湊、
湊上前、頂入花心真好受！
奴的身子夠了心不夠！

あたしの好きなあの人〳〵あの人はあたしの腰がほっそりしているのが好きで、あたしはあの人が上品で色っぽいのが好き。初めて会ったとき、優しさが伝わってきたから、羅《ら》の上着を少しはだけてわざと白い胸を見せた。あなたも好きであたしも好きで、気持ちがぴったり合っている。手をつなぎ、寄り添って歩く。象牙の飾りのついた寝台に入り、羅の幃《とばり》を下ろし、鉤《かぎ》に掛けて閉める。なんと二人はもうその夜にできてしまった。舌の先を突き出して口に入れる「ああ、いっちゃいや！」体中がしびれてくる。恥ずかしいなんて言っておれない。二人の体はいつの間にかぴったりくっつき、ぐっと上げて花心の奥で受けとめる。最高にいい気持。もう少しよ！

玉美人児

玉美人児纔一六、
挽了挽烏雲欲梳油頭、
露出了鮮紅的兜兜、雪白的肉。
勾惹的年軽的玉郎望上湊、
手扶着肩膀、要吃個軟舌頭。
佳人便開口、
「哎呀！　你莫要瞎胡摟、
梳罷油頭、再去風流」
哎呀！　玉郎説「這陣慾火実難受！」
木梳往桌案上丟、
哎呀！　顧不的両手油、
哎呀！　他二人重入羅幃把佳期湊。

二人到了情濃処、口対着香腮、
叫声「乖乖！」又叫声「肉！」。

　玉のようにきれいな娘〽玉のようにきれいな娘は一六歳になったばかり。黒い髪を梳かして油を塗ろうとしている。赤い胸当ての間から白い肌が見える。それに魅せられた若いきれいな男がそばに寄り、肩に手をかけて柔らかい舌を吸おうとした。きれいな娘が言った。「あれ！じゃまをしないでちょうだい。髪に油を塗ってから、しましょう」若い男が言った。「もう我慢できない！」きれいな娘は櫛をテーブルの上にほうりだした。あれあれ油が手についているのもかまわず、二人は重なるようにして羅の幃の中へ入り抱き合った。高まってくると、若い男は口を娘の頬に寄せて叫んだ。「かわいい！」また叫んだ。「なんて柔らかいのだ！」

＊

『白雪遺音』の編者は華広生、字は春田、山東歴城（済南市）の人。詳しい経歴と生没年は不明。華広生は俗曲の歌詞を探し、友人から送ってもらったりして、嘉慶九年（一八〇四）に私家本にした。山東を中心に南北各地で流行っていた歌詞が十種類に分類されて、七三三曲収められていた。その後、道光八年（一八二八）、四巻にまとめて本になり、世に出た。

　清代中葉、嘉慶、道光年間の代表的な俗曲集『白雪遺音』の中から、艶っぽい情歌を選んで編集したのが続選だ。汪静之は序でこういっている。

　鄭振鐸は『白雪遺音選』の序で「猥褻な情歌が含まれている『白雪遺音』はどこを探しても手に入らない。官憲の目に触れると発売を禁止されるからだろう。しかし、うまいぐあいに入手できた。それでも猥褻な情歌は発表する勇気がない」といっている。わたしは削除された情歌を読みたかったから、図書館や古本屋で探した。しかし、どこにもなかった。思い切って鄭振鐸氏にお目にかかり、直接借りることにした、と。

こうして汪静之は道光八年版四巻を借り、削除されていた情歌二〇七曲を選び『白雪遺音続編』として上海、北新書局から出版したのだ。

この北新書局版は『中国古艶稀品叢刊』第三輯に影印で収められている。この本の出版社名と刊行年月は記されていない。しかし、出版社は台湾、宗青図書出版公司で、一九八六年頃の刊行だと推定されている。

また影印された『白雪遺音続編』には奥付が欠けている。あるいは最初からなかったのかもしれない。発刊年が分からない。汪静之は序の末尾に「一九二七・七・三〇」と記している。これから判断して、発刊はおそらく一九二七年（民国一六）か次の年だろう。

二〇〇五年、作家出版社（北京）が出版した『歴代艶歌』下巻に『白雪遺音』が排印で収められている。昔は猥褻だと見なされていた情歌もすべて集録されている。しかし『白雪遺音続選』と比較すると、なぜだか所々単語の違いがある。

汪静之は序の終わりにこう書いている。

私が選んだ曲と鄭振鐸先生が選んだ曲は一曲も重複していない。ぜひ『白雪遺音選』のほうも読んでいただきたい。

おびただしい上海艶本

一九二〇から三〇年代にかけて、上海で数多くの艶本が発売されている。清王朝は滅び、中華民国になったものの、袁世凱と孫文の対立、北方の軍閥闘争、共産党との内戦などが続き、艶本の取り締まりにまで手が回らなかったのだ。

『肉裏魂（ど助平）』から「美的腿（きれいな脚）」の一部分を紹介しよう。

『肉裏魂』「美的腿」――那男子笑嘻嘻的道「我的小屄、不要装模作様了、一個指頭、有什麼受不了的、停会哥哥的大鶏巴、還要頑你的小縫縫呢、看你到了那時怎様挨受吧」女士似笑似嗔的、打了他一下、一面把那尖尖玉手、探在他的西服褌子当裏、按一按、説道「你只顧摸我、我也要摸你的呢？」那男子聴説、忙伸手将西服褌的鈕児解開、従裏掏出一根六寸多長、酒杯多粗、烏黒烏黒的大鶏巴来、放在女士的手中。那女士的手児、本来生得非常白細短小、上辺還帯着一個嵌宝的戒指、很是優雅的、現在一把抓住那粗黒的鶏巴、越顕出那手指的白嫩、和鶏巴的烏黒来、手太小、握不完那大傢伙、只能把住那偉大陽物之一部。那男子的陽物本已半硬、経女士小手一握、馬上膨脹昂挙起来、更加粗大、黒色鶏巴之皮、暴漲成為紫色、青筋糾結、光澄澄的猶如一枝紫銅鋳成的棍棒似、女士見了、笑的花枝招展。使勁揑了一下、一手推開了去。男子此時慾心正熾、遂将女士抱起、抱到鉄床上放下、譲她坐在床沿辺、伸手将她的旗袍剝下。両臂如雪、鶏頭半露、胸有白色囲裙、一条再解去囲裙、双乳高聳胖嫩無比。

主人公は飲食店で見かけた若い男女の跡をつけてホテルへ行き、隣の部屋を板壁のすき間からのぞく——男はにやにやしていった。「何をもったいぶっているんだ。指一本でもだめだというのか。もう少ししたら兄さんの大きな鶏巴《ちんぽ》で、せまい割れ目をたっぷり楽しませてもらう。我慢できるかどうか見たいものだ」女は笑いながら男を叩き、細いきれいな指を洋式ズボンの股のところへ伸ばし軽く押さえた。「お兄さんだけじゃなく、わたしにも触らせてちょうだい」男は急いでボタンをはずし、鶏巴を取り出した。長さは六寸余り、太さは酒の盃ほどもある大きな黒々とした鶏巴を手に握らせた。女の手は白く、ほっそりしていて小さい。また宝石の指輪をしているので優雅だ。鶏巴が太く黒いから、指はよけいに白く、柔らかく、細く見えた。手は小さいので、全部握りきれない。最初はまだ完全に立っていなかった。女がちょっと握ると、ぐっと頭を持ち上げ、さらにたくましくなった。色も紫色に変わって筋張り、てかてか光っている。純度の高い紫銅でできた棒のようだ。女はうれしそうに笑い、ぐっと握りしめてしごいた。男は我慢できなくなり、女を抱き上げて鉄製の寝台まで運び、縁に座らせて旗袍《チーパオ》を脱がせた。雪のように白い肩と乳房が半分現れた。白いブラジャーを取ると大きな乳房が出た。上を向いて張り、乳首がぴんと突っ張っている。

艶本の大半は不平凡書局（また書社）から出版され、経售処（取次販売所）は上海太平橋（また馬浪路）華興書局となっている。ざら紙、B6判、仮綴じ四、五十頁の本で、値段は一冊二角、四角、八角、一元などだ。

その中には『杏花天』『痴婆子伝』『控鶴監秘記』など古典艶本も含まれている。しかし、当時こっそり読まれていた新作がほとんどだ。

☆不平凡書局本（香艶小説・新奇性書）

『紅吉奇伝』紀伯先生著二冊、『甜夢』、『滋味』、『情海奇縁』江都鄧小秋著、『花蟹横行』、『紅杏奇伝』、『皆大歓喜』、『浪漫鴛鴦』、『扶桑艶跡』、『性的経過』、『性的自述』、『性的供述』、『博士芸術』、『燈花記』、『性史別集』、『性史秘記』、『迷楼秘記』、『海陵王荒淫史』、『銷魂怪談』、『肉搏之戦』、『浪漫性史』、『風流寡婦的浪史』席英霞女士著二冊、『風流寡婦的日記』、『牡丹奇縁』、『浪史奇観』、『如意郎君』、『風流艶史』、『閨房春色』潘萍梅女士著、『肉裏魂』覚公傑作、『消魂集』、『扶桑艶記』、『淫婦秘史』、『騒黒妹妹的騒史』、『騒姑娘十嫁記』、『騒阿姨』風月散人編著二冊、『性芸奇談』、『迷宮春色』二冊、『風流淫魔』二冊、『淫浪秘史』二冊、『肉荘秘辛』、『風流女王』、『同性春色』、『浪子戦』、『舞女慾焰』四冊、『無底洞』、『新生活』、『按摩院秘史』二冊、『嚮導女子景』、『淫史』四冊、『騒夫』、『蒸史』、『貪歓記』、『歓喜奇観』、『淫悪家庭』二冊、『風流女皇余美顔津遊記』四冊、『迷人洞』潘萍梅女士新作、『色魔』六冊、『性欲奇談』風月山人編著、『新婚秘記』顧崧琳博士、『新花魔』梅秀君女士著一〇冊、『鶯婦秘記』不平凡女士著、『観音庵』四冊、『風流奇談』四冊、『性友』六冊、『肉味』北京・張競生訳

☆上海衛生研究社本（奇情小説を含む）
『衛生宝鑑男女之秘密』原著者、美国医博士・霍克立、編訳者、春夢楼主人。絵図八大奇観――『痴女殉犬』『尼姑生子』『忠臣売国』『義僕殺主』『妓女守節』『和尚休妻』『孝子殺父』『窮漢納妾』。秘本四大奇書――『閻婆惜秘史』『潘金蓮秘史』『潘巧雲秘史』『賈素貞秘史』。『希奇古怪不可説』、『百様精怪録』二冊。『済公活仏全伝』、『諸葛亮招親』
☆上海神州書局（また図書公司）本
『群環秘記』編輯者、風流浪子、校正者、頑世出奇。『最新日本社会風流写真・淫国秘記』著述者、兪有才先生、校正者、張競生博士
☆文化書社本
『性界楽』編輯者、覚公、校訂者、江平
☆上海合作出版社本
『性史日記』不平凡女士著二冊
☆出版社不明本
『色欲世界』『牡丹奇縁』

『什麼話』『性交大観』

『什麼話（あきれた話）』と『性交大観』は、おびただしい上海艶本の中でも特に人気があった本だ。どちらもざら紙、B6判、仮綴じの薄い小本である。

『什麼話』の表紙は赤と黒の凝った二色刷りになっている。旗袍《チーパオ》を着て立っている女の足下に小さい犬がいる。右側に什麼話、左下に明明出版社印行、中央下に一九二七と書かれている。

表紙を開くと大きな字で滑稽趣情什麼話と記され、次の頁右側は目次で、左側から本文（五〇頁）がはじまっている。

奥付には中華民国一六年九月六版、定価一元、そして出版社の住所はなく、代售処各種書局（各書店で取次販売）、版権所有性育叢書と記されている。

『性交大観』は性技の指導書のような題だが、実は『什麼話』の姉妹編で、小説ではなく裏風俗史だ。表紙中央、庭園の池のそばにある芝生の上に敷かれた布に、裸の女が寝そべっている。中央上に性交大観と書いてある。

表紙を開くと中央に大きな字で性交大観、左右に民国二一年（一九三二）出版、筆花主人題と記されている。次に目録、そして序が二編あり、本文へ続く。全部で六四頁。奥付はどうしたのか題名を換えただけで『什麼話』の奥付と全く同じだ。

それでは、まず『什麼話』の内容を見てみよう。

什麼巨臀（黒い大きな尻）鄭飛模女士
什麼天媒（天の取り持ち）魏秀英女士
什麼惨報（因果応報）戚銭三居士
什麼蛇夫（蛇と住む女）雲龍上人
什麼斑竹（斑竹の女）湯廷楨
什麼也罷　龔貞女士
什麼広告（仙薬）張静庵女士
什麼女士（美男子の悲劇）何飛雄女士
什麼怪声（奇妙な声）章黛痕女士
什麼二龍（龍陽癖）薛江陰
什麼三行文章（三つの闇商売）唐二女士
什麼曹姨太太（曹の妾）顧芳女士
什麼海底炮（海底炮）祺懐冰女士
什麼草鞋底（草鞋底賊）沈翠英女士
什麼粉金剛（恋の妖術）毛小珠女士
什麼女学校之大秘密（女学校の怪事件）施偉女士

什麼臭戸（女陰の臭い）賀守芳女士
什麼白牡丹（白牡丹）伝雲翔女士
什麼肉鼠（二人の悪僧）魯雲夢女士
什麼老妖怪（蟷螂女）席子伯女士
什麼春水船（春水船）林歩青
什麼東西（松江の悲劇）鄔天静女士
什麼磨鏡（磨鏡）欧陽天水

目次では二三話になっている。ところが「什麼也罷」は本文にない。また、「什麼粉金剛」は途中で「什麼女学校之大秘密」になってしまっているので、実際は二〇話だ。

『性交大観』の目録には一五の話が出ている。しかし、潤色されているとはいえ、題名を変えただけで『什麼話』と同じ話が八編あるので、新しい話は四編だけだ。

新房秘記（十陰十妙）
舌戦迷人洞（舌で稼ぐ）
麻皮六小姐（麻皮の六小姐）
奇哉怪也（珍しい女陰）

またうまいぐあいに「什麼粉金剛」は「吊膀奇術」、「什麼女学校之大秘密」は「女学校秘密」となり、完全な形で載っている。この二話を加えると六話になり、『什麼話』と合計すると全部で二六話になる。

『什麼話』には作者の名前が出ている。おもしろいことに大半が女性だ。女性が書いた話だとして興味をそそり、購入させたのだ。

またこんなところにまで当時の風潮、女性の人権向上と性の解放が反映しているのではないだろうか。それは『性交大観』の序からもうかがえる――我が国に昔からある礼儀に関する儒教の規範、礼教は天地の間で一番公明正大なことを最も恥ずかしいものとして、口には出さずに隠しておかなければならないのだ、といっている。

新房秘記（十陰十妙）――余性本不喜歓女色的、却専好研究婦女的陰戸；人們或者有笑我的。余道、陰戸者為本色者為末。孔子也曾説過「君子務本」予怎敢抛掉了本、去講究那末呢！　世界上毎有許多男子、但取女子的美貌、什麼鵝蛋呀、瓜子瞼呀、目如秋水呀、桜桃小口呀、淡掃娥眉呀、都是称賛女子的容貌、一若那女子有了上面幾種美物、便可称為美人、更用出愛情来愛他、咲！余嘆這一般人們、什麼但知外表的容貌呢！　古人説「十陰十妙」又説「百御百趣」那末従前的、早已説的明々白々、毎一个女子的陰戸、各有不同。一个女子有一个女子的妙処、十个女子就是十様妙点、和一百个女子交媾、就有一百様不同的趣味。

女は顔ではない、あそこだといったら、笑われるかもしれない。陰戸が本、顔は末なのだ。孔子の弟子、有子も『論語』学而で「君子務本、本立而道生（君子は根本に力を尽くす。本が成って道が生じる）」といっている。私もこれに倣い、本末を転倒して末梢だけにこだわるようなことはしない。世間の大半の男は顔の善し悪しばかり気にしている。顔の褒め言葉はたくさんある。ふっくらした鵝蛋《しもぶくれ》の顔、瓜実顔《うりざね》、きれいな秋水目、桜桃のような可愛い唇、美しい三日月の眉――一つでも二つでもいい、きれいなところがあれば美人だといって夢中になる。ああ、困ったものだ。どうして容貌にこだわるのだろう。昔の人も「十陰十妙」「百御百趣」だといっている。陰戸は一つとして同じものはない。そして、それぞれに異なった妙処《よいところ》がある。十人十色で、百人の女と御《し》たら百の趣があると教えてくれているのだ。

『什麼話』『性交大観』は一つにまとめた筆者訳『房中悦あり』（徳間文庫）がある。

『孽海花』

『孽海花』は社会や世相を批評した譴責小説のジャンルに入れられている。しかし、蘇州の秀才、状元の資格を持ち、役人としての地位も高い金雯青《ぶんせい》が、最後には孽海（魔都上海）のあだ花となる浮気な女、傅彩雲に翻弄されて仕事もおろそかになってゆく過程が克明に描かれている。雯青が役人として働いていた同治初年から、一八八四年、甲午の変まで三〇年間の社会の移り変わりも出てくるが、痴情小説だといえないこともない。

梗概――清、同治七年（一八六八）、江蘇、蘇州の金雯青は状元に合格した。休暇をもらって帰省する途中、上海へ立ち寄る。英国領事館で開かれたパーティに参加したことがきっかけになり、西洋の知識を身に付け、いずれは外交の仕事をしようと決心する。

　蘇州で雯青は母親趙氏、夫人張氏、さらに近郊から駆けつけた大勢の知人、友人たちから盛大な歓迎を受けた。二年後、雯青は今度は翰林官の試験にトップで合格、翰林院の侍講学士になり、江西の教育行政長官になって赴任した。

　二年後、母親が病死する。雯青は蘇州へ飛んで帰り、葬儀と百か日の供養をすませた。ちょうど清明節で遊覧船が浮かび、物見遊山の人でにぎわっていた。雯青はまだ一五歳のきれいな女、傅彩雲と出会い深い関係になる。

　内閣大学士（内閣長官）に任命され、雯青は五、六年離れていた北京へ戻る。間もなく今度はドイツ、ロシアなど外国へ出向く使命を皇帝から言い渡された。いったん蘇州へ帰り、夫人の許しを得て彩雲を妾にした。夫人の提案で海外へは彩雲を連れていくことになり、二人は喜んで旅立った。

　ドイツに着くと、彼女は上流社会の人たちと派手につき合うようになり、若い軍人ワトスと浮名を流す。また若い下男、阿福といちゃついていた。雯青は浮気な彼女に気づき、激怒する。

　雯青たちはロシアへ行き、三年の満期を終えて中国へ戻った。彼が持ち帰った国境地図でごたごたが起こる。中国の領土だったアルメニア地方の一部が、ロシアの領土になっていたのだ。交渉したが、ロシアは応じなかった。またこの時期に、雯青は権力者、庄小燕の機嫌をそこね、弾劾された。

　そんなある日、疲れて家へ帰ったとき、彩雲が阿福とできていることに気づき、阿福を追い出す。しばらくして、自分の運転手が小燕の運転手に、彩雲が芝居役者、孫三に熱を上げていると話しているのを耳にする。雯青は心の痛みが高じて大病になり、亡くなる。

彩雲は四九日の喪が終わると、また孫三と熱い仲になる。夫人に注意され、金家を出ていくと言い張った。夫人は一年後、喪が明けてから、いったん蘇州へ帰って出ていってもらうことにした。

一年後、彩雲は蘇州へ戻る途中で逃げて上海へ行き、孫三と生活をはじめた。しかし、平凡な毎日に我慢できず家を出てしまう。租界と街の大物に援助され、燕慶里で妓楼を開業した。名前は曹雲蘭と換えていた。あっと言う間に上海に名の知れ渡る名妓になった。

第二四回——剛従辦事処走到大堂廊下、忽聴有両三個趕車児的聚在堂下台階児上、密密切切話、一個倣仏是庄小燕的車夫、一個就是自己的車夫。只聴自己那車夫道「別再説我們那位姨太太了、真個像饞嘴猫児似的、貪多嚼不爛纔扔下一個小仔、倒又刮上一個戯子了!」那個車夫問道「又是誰呢?」一個低低的説道「也是有名的角児、好像叫做孫三児的。我們那位大人不暁得前世作了甚麼孽、碰上這位姨太太。這会児天天児趕着堂会戯、当着千人万人面前、一個在台上、一個在台下、丟眉弄眼、穿梭似的来去、這纔叫現世報呢!」這些車夫原是無意閑話、不料一句一句的被雯青聴得斉全。

雯青が事務室から広間の廊下まで行ったとき、玄関へ出る石段の下に運転手が数人集まり、何かひそひそ話している声がした。一人は庄小燕の運転手のようだ。もう一人は雯青の運転手だった。彼の声だ。「ほかでもない家のお妾さんだけど、食いしん坊の猫みたいにがつがつしている。若造をぽいしたと思ったら、今度は役者にべったりだ」「なんていう役者だ?」小さな声で答えた。「有名な役者で、たしか孫三児といったようだ。ご主人は前世で何か悪いことをしたものだから、あんな女と出会ったことをご存知ない。このところ毎日、芝居に入り浸りで、多くの人がいる前で一人は舞台の上、もう一人は舞台の下から盛んに目くばせだ。これがこの世での報いというものだ！」運転手はなんの気なしにむだ話をしていたのに、雯青にすっかり聞かれてしまった。

『小説林本』の本文の冒頭に「愛自由者起発、東亜病夫編述」と記されている。愛自由者は金天翮（一八七四―一九四七）の筆名だ。字は松岑、号は壮游、鶴望。江蘇、呉江の人である。東亜病夫は曾朴（一八七二―一九三五）の筆名だ。字は孟朴、小木など。号は銘珊。江蘇、常熟の人である。

金天翮が書いた作品に曾朴が手を加えて書きたし、白話体三五回の話にしてまとめたのが現在の長編小説『孽海花』だ。成立は民国一九年（一九三〇）である。

上海図書館蔵の『江蘇本』（光緒二九年［一九〇三］）、『小説林本』（光緒三三年［一九〇七］）など古い刊本（排印本）がいくつか残っている。

近年、中華書局が刊行した『晩清文学叢鈔』（小説二巻、一九八〇）に原刊九回本が収められている。さらに二〇〇五年、『孽海花』は世紀出版集団・上海古籍出版社「中国晩清譴責小説四大名著シリーズ」の一冊として刊行されている。

『思無邪小記』『瓶外卮言』

姚霊犀には纏足の研究書以外に、見落とせない艶本に関する本がある。『思無邪小記』と『瓶外卮言』だ。

姚霊犀が編集した珍本『思無邪小記』は、民国三〇年（一九四一）五月、天津書局から出版されている。副題に「姚霊犀秘笈一又名艶海」と謳われているとおり、中国古今の艶詩、春本、房中秘術などの文献から、性にまつわる部分が数多く集められている。

笈は書物などを入れて背負う箱だ。艶文の詰まった秘笈がいくつかあり、その一つ目だということだ。姚霊犀は『思無邪小記』には続編がある、と本文の中で述べている。しかし、出版されたかどうか定かでない。

孔子は『論語』為政篇でこういっている。「詩三百、一言以蔽之、曰思無邪（一言でいえば『詩経』は思い邪《よこしま》無しだ）」本来、男女の心を飾り気なく、赤裸裸に唱ったおおらかな民謡だったのに、孔子が道徳的な意味あいを持たせた詩に変え、教条化して邪の無い『詩経』にしてしまったのだ。姚霊犀はこれを逆手にとり、「思無邪」な赤裸裸な姿を包み隠すような邪なことはしないという意味で使っている。

末尾に辛巳（一九四一）清明と記された弁言（序）で姚霊犀はこういっている。「一九二五年から二六年にかけて北京に滞在していた頃、『翰海』の編集長、侯疑始君と知り合った。うだつがあがらない南方の田舎者の私に、原稿を書かないかと勧めてくれた。最初は詩や詞を書いて渡していた。しかし、そのうちに続かなくなってきた。それで古今の作品の中から艶っぽい物を探し出し、きわどい部分、さらにそれに解説を付け加えたりして「思無邪小記」という題にし、『翰海』に掲載してもらった」

それでは艶海を見てみよう。

参差荇菜、左右流之、窈窕淑女、寤寐求之。求之不得、寤寐思服、悠哉悠哉、輾転反側。

長さの違う荇菜《あさげ》を両手で摘んでいた、あの淑やかな女が寝ても覚めても忘れられない。かなわぬ恋だとわかっていても、思いはつのる一方で寝返りばかり打っている。

これは『詩経』の冒頭にある歌謡「関雎（啼き合うみさご）」の一節だ。

姚霊犀はこういっている。

詩経。輾転反側。言求淑女不可得。寤寐不安之意。然実絶妙四齣春宮秘戯図也。

『詩経』にある輾転反側は、あの淑やかな女は高嶺の花だ、気になって寝られないという意味にとれる。しかし、実をいうと、この四文字には巧みに春画の雰囲気が隠されている。

姚霊犀は、輾転反側を女をものにしたと唄っているのだと解釈している。

西蔵有歓喜仏。作男女裸体交媾状。多鋳以銅。亦有絵諸壁者。陶九成輟耕録所称演揲之壁。殆即此歟。明人集云。崇禎辛巳同姜如須過後湖。入一庵。後殿封鎖。具施乃開。皆裸佛交媾。形凡数百尊。守者曰。天地父母。前年大内発出者。其像皆女坐男身。有三頭六臂者。足下皆踏裸女。

累人背而畳之。

西蔵《チベット》には歓喜仏がある。男女が裸で交わっている像だ。銅製の物が多い。また壁に描かれた歓喜仏もある。明の文人、陶九成が『輟耕録』で「演揲の壁」と呼んでいるのは、おそらくこの絵が描かれた壁のことだろう。『明人集』にこんな話がある。明、崇禎辛巳の年（一六四一）、姜如須と後湖を訪れた。寺に入ると、後殿は閉ざされている。お布施を包んで開けてもらった。仏像はみな裸で女と交わっている。ざっと数えると百体はあった。管理者の話によると、天地父母像《ヤブユム》で、一昨年、本殿で見つかったのだという。どれも男仏の膝に女がまたがっている。三面六臂の仏もいて、裸の女を踏みつけていた。その下にまた人が積み重なっている。演揲は蒙古語だ。気を操る術のことである。紅教喇嘛《ラマ》は性交を修行の一つにし、交わりながら気を操る術を秘法にしていた。

『瓶外卮言』は民国二九年（一九四〇）、天津書局から出版されている。瓶は『金瓶梅』、卮言は私記という意味だ。『金瓶梅』に関するひそかな記述という謙遜した題である。

内容は三つに分かれている。

一　有名な明史学者、呉晗著「金瓶梅的著者時代及其社会背景」など『金瓶梅』に関する学術論文が四篇。

二　『金瓶梅』と『紅楼夢』の比較研究。両者の難解語を解説した「金紅脞語」も収められている。

三　『金瓶梅』の語彙の注釈「金瓶小札」。全二六〇頁の三分の二近くを占めていて『金瓶梅』を読む者にとっては便利な小辞典だ。さらに最後に「金瓶集諺」と「金瓶詞曲」、諺と詞曲の一覧が付いている。

「金瓶小札」景車人事——景東即孟艮、在緬甸、俗呼触器為人事、三五十年前香粉店荷包店有售広東人事者、俗呼為角先生。按人事疑是人勢之訛伝。王世貞史料後集載、生蕃当籍、有金絲帳金溺器象牙廂金触器之類、執政恐駭上聞、令銷之。可知明中葉奢淫之風、此器已盛行矣。

景東人事——景東は孟艮《もうこん》（明の時代、雲南省の南にあった府の名）のことだ。緬甸《ミャンマー》では張形を人事と呼んでいた。四、五〇年前、化粧品店や袋物店には、俗に角先生といわれる広東人事があった。人事はおそらく人勢が訛ったのだろう。明の文人、王世貞は『史料後集』でこういっている。「異民族の間に金糸の帳《とばり》、金の便器、象牙の車廂、金の張形がある。政府は評判が高まるのを危惧し、販売を禁止した」明の中葉には奢淫の風潮があり、こんな張形も流行していたのだ。

姚霊犀には『二根異名録』という男女陰名語録もあったらしいが未見だ。

V 中華人民共和国の時代

『莎喲娜啦・再見』

台湾へ遊びにいく日本人の男をテーマにして、反戦思想を訴えた小説。

梗概――ある会社に勤めている黄は、社長から日本人の客を七人、東北部の礁渓《チャウシイ》温泉へ案内し、女を紹介してやってほしいと頼まれる。仕事と密接な関係のある大事な客だという。彼らは小学校、中学校も同じ、さらに兵隊にとられて同じ部隊、そして今は職場でも一緒だ。なんと七人で千人斬りクラブを結成して八年になり、台湾へは五回もきて遊んでいる。今回は礁渓へ行きたいのだそうだ。黄は乗り気がしなかった。祖父の片脚は日本との戦争でなくなっていた。中学生の頃、歴史の先生が南京大虐殺の写真を見せてくれた。日本人に反感を持つようになる。その日本人にぽん引きの仕事をしなくてはならないのだ。

黄は台北へ来て十年の間に仕事を何度も変えていた。今は妻と赤ん坊がいる。社長から、礁渓は黄の郷里だからぜひ行ってほしい。緊急業務だと命令され、しかたなく引き受けることにした。

台北の空港から、タクシーで礁渓へ行った。黄は日本語が上手だ。言葉の端につい本音が出そうになる。しかし、巧みにごまかしてなんなきを得た。

温泉旅館で女たちに囲まれて夕食を摂った。女と遊ぶには休憩《シウチ》（ちょいの間）と停泊《ティンポー》（泊まり）がある。停泊は二百元、ただし夜中の一二時からと決まっていた。黄は日本人は中国語が分からないから、千元だとごまかして女たちの肩を持った。

ところが七人の侍は、夕食後しばらくすると寝たいと言い出した。年配の彼らはインドの秘薬を塗ったものだから、効いているうちにしないとだめなのだ。黄はしかたなくまた交渉し、追加二百元を五百元だと言い、話はまとまった。

黄はだれにも相手にされなかった顔に痣のある阿珍と寝るつもりだった。ところが女中の阿秀が、黄を地元の出身者だと知っていた。やめようとすると、損をするのは十人のうち九人までまじめな人ですよ、と言って勧めた。それでも黄は金だけやって寝なかった。

翌日、汽車で台北へ行く途中、台湾大学で中国文学を専攻している学生と出会う。卒業したら日本へ留学するつもりだ。日本の事情を知りたい。黄に通訳を頼んだ。ところが黄は、七人を大学教授、学生を史学を専攻し、抗日戦争に関する論文を書いているなど、うその通訳をする。

黄は自分の考えを巧みに両者に伝え、七人の侍には戦争に行ったことを、学生には自国の歴史を忘れて日本にあこがれていることを反省させた。

汽車が八堵《バートー》に着くと、学生は「莎喲娜啦」、日本人たちは「再見」と言い、握手を交わして別れた。

「武士道的時代已経過去了、我們不能再配着武士刀浪遊天下、不是殺人就讓人殺。同時、我們也不願意当武士。我們千人斬的意思是、希望今生能跟一千個不同的女人睡覺。嘿嘿……。明白了?」

馬場看着会員顕得十分得意。我頓時覚得他們非常非常醜陋。但是我臉上的表情、一定還是那副笑容、不然他們不会那麼放浪。可怕的是、我臉上的那一副表情、已経不用下意識去装出来。「你們有没有人達到這個目標?」「没有!」落合禁不住搶先説:「一千個、聴起来好像不多、其実太不簡単。……」「一千個是我們的理想。我們一有機会就出国、南美州、東南亜、還有韓国、台湾、是我們常跑的地方。」「唷! 那麼你們很花銭嘛!」。

「武士道の時代は昔のものになり、今では私たちは刀を差して天下を歩き回るわけにはいきません。人を殺したり、殺されたりするようなことはないのです。また、武士になりたいとあこがれることもありません。千人斬りというのは、一生の間に千人の女と寝ることですよ。ハッ、ハッ、ハッ……。分かりましたか」馬場は得意げに仲間に目を向けた。私はとたんにいやらしい奴らだと感じた。しかし、表情を変えず、軽く笑みを浮かべていた。でないと彼らはやりにくくなるだろう。ところが弱ったことに気持ちを押さえきれなくなり、顔がこわばりかけてきた。「目標を達した人はいるのですか?」「いないよ!」落合が横から口をはさんだ。「聞いたらたいした数ではなさそうだが、やってみると簡単なものじゃない……」「千人は我々の理想だよ。機会があると、南アメリカ、東南アジア、それから韓国とこの台湾へはよく出かけているよ」「へえー、お金がかかるでしょうね!」。

作者は台湾、宜蘭《イラン》生まれの黄春明(一九三九—　)。幼い頃、母親を亡くし、苦労する。台北師範に入学。ところが、個人的な理由で紆余曲折があり、台南師範、さらに屛東《ピントン》師範へ転校し、やっと卒業した。

しばらく広告会社に勤務。その後「媽祖の里帰り」など、優れた記録映画を撮る。小説に転向し『子供の大きな人形』『鑼《どら》』『莎喲娜啦・再見』『若い未亡人』『私はマリーが好き』などを発表した。

『莎喲娜啦・再見』は、最初『文季』第一期（一九七三年八月）に掲載された。翌年、中華民国六三年（一九七四）三月に、遠景出版社（台北）が黄春明の他の小説とまとめて刊行した。「男子与小刀」「青番公的故事」「蘋果的滋味」「看海的日子」がいっしょになっている。手元にあるのは民国六六年（一九七七）一一月に発行された一二版だ。人気のあった小説だったことが分かる。

『さよなら・再見《ツァイチエン》』は一九七九年、アジア現代文学シリーズの一冊として、東京で刊行されている。発行は、めこん、発売は文遊社だ。「さよなら・再見」「りんごの味」は福田桂二訳、「海を見つめる日」は田中宏訳になっている。

『三寸金蓮』

纏足禁止令が公布された後の社会のようすが描かれた全一六回の小説。舞台は清末民初の天津。魔力がひそんだ奇習、纏足の縛り方、弄び方、そして纏足靴の作り方などが克明に語られている。

駒田信二はこういっている――纏足にまつわるお話だが、原作者馮驥才は宋以来の「話本」の手法を駆使し、その思想を活かしておもしろおかしく語りながら、たくみに読者を物語りの中へひきずり込んでゆく。

梗概――天津の古美術商、養古斎の旦那、佟忍安には纏足癖があった。奥方は死亡。息子が四人いたが、四男は死んだ。長男は阿呆の紹栄。次男は紹華、三男は紹富。紹華の嫁は白金宝、月蘭と月桂という娘がいる。紹富は嫁の爾雅娟と商いのため揚州へ行っていて、たまに戻ってくる。四男の嫁で寡婦の董秋蓉も、娘の美子と佟家で一緒に暮らしている。

店には本物は出さず、骨董、玉器、掛け軸など売り物はすべて偽物だ。家の裏手に贋作工房がある。忍安は、そこで働いていた美しい戈香蓮の纏足に目をつけ、紹栄の嫁にする。阿呆のいない隙にこっそり忍び込み、香蓮の足を触っていた。

中秋名月の夜、足くらべの会が催された。判定をするのは贋作専門の牛鳳章、詩の大家、喬六橋、山西省大同の呂顕卿といった蓮癖のある連中だ。香蓮、金宝、秋蓉、そして桃児たち三人の侍女の小足がカーテンの間からのぞいている。金宝が一位になって家の実権を握るようになる。佟家では足がだめならすべておしまいだ。金宝は香蓮に冷たくあたるようになる。

一年もたたぬうちに香蓮の夫、紹栄はぽっくり死ぬ。香蓮は娘、蓮心を生んだ。しかし、彼女は砒素を飲んで娘と自殺しようとする。潘ばあやが助けて、香蓮の足を見事な三寸金蓮にした。潘ばあやは佟の旦那の奥方の侍女で、纏足を作るのが上手だった。忍安も香蓮の小足にほれこむ。再び足くらべの会が催され、香蓮が一位になって権力の座についた。金宝はいろいろ画策して、地位を奪い返そうとする。しかし、失敗に終わる。

紹華はお倉係りの活受と共謀し、店にあった本物の品を盗んで姿をくらます。忍安はショックで病気になり、寝込んだ。幼い孫娘四人を纏足にするよう潘ばあやに命じた。四歳の蓮心がいなくなる。しかたなく香蓮が身代わりの娘を纏足にさせた。忍安は娘たちの小足を見て息を引きとる。その後、紹華は屍体で見つかる。活受が殺し、盗んだ骨董を独り占めにしたのだ。潘ばあやは旦那の後を追って焼身自殺した。

民国の時代になり、纏足禁止の風潮が高まる。香蓮は纏足復活の会の代表になり、自然の足の会の代表、牛俊英と文明大講堂で対決する。靴を脱いで素足の勝負になったとき、香蓮が俊英の足を見て卒倒し負ける。右足の土踏まずにほくろがあった。俊英は娘の蓮心だったのだ。実をいうと、蓮心は行方不明になったのではなく、香蓮が纏足にさせたくなくて牛鳳章に預けたのだ。その後捜したが、行方が分からなかった。

香蓮は絶食して死の道を選ぶ。侍女の桃児が過去の経緯を俊英に知らせた。鳳章を父だと信じていた俊英は、香蓮を母だと知って驚き、出棺の前日、お拝りにいった。

第三回——這日中晌大少爷去逛鳥市、香蓮自個午覚睡得正香、模模糊糊覚得有人捏她脚。先以為是傻男人胡鬧、忽覚不对。傻男人手底下没這麼斯文。先是両手各使一指頭、堅按著她小脚趾、還有一指頭勾住後脚跟兒。其余手指就在脚掌心上軽軽揉擦、可不癢癢、反倒説不出的舒服。跟着換了手法、大拇指横搭脚面、另幾個手指繞下去、緊圧住折在脚心上的四個小趾頭。一松一緊捏弄起来。松起来似有柔情蜜意、緊起来好賽心都在使勁。一下下、似乎有章有法。香蓮知道不在夢裏、却不知哪個賊胆子敢大白天闖進屋拿這怪誕手法玩弄她脚、又羞又怕又好奇又快活。她軽軽睁眼、嚇了一大跳！竟是公公佟忍安！只見這老小子半閉眼、一臉酔態、発酒瘋嗎？還要做嘛壊事情？她不敢喊、心下一緊、両只小脚不禁哧溜縮到被裏。

その日の午後、間抜けが鳥市へ出かけたので、香蓮はのんびり昼寝をしていた。うとうとしていると、誰かが足をいじっているような気がした。間抜けの悪戯かと思ったが、そうではない。彼はこんなにていねいではない。両手で小さな指を押さえ、一本の指を踵にひっかけ、残りの指で土踏まずをそっとこすっている。むずむずせず、何ともいい気持だ。今度は親指で横から足を押さえ、ほかの指を内側に折り曲げられた四本の小さな指にまつわるようにしてもみ始めた。ゆるめると、優しさが伝わるようで心地よく、しめるときは気持がこもっている。まるでちゃんとした手法にのっとっているようだ。これは夢ではない。どろぼうが昼日中、大胆にも忍び込み、こんな怪しげな方法で足を弄んでいるのではないだろうか。恥ずかしくもあり、怖くもあり、また好奇心と楽しみが入りまじった気持ちだった。そっと目を開けて驚いた。しゅうとの佟忍安だ！　目を半ば閉じうっとりした表情。酒に酔っているのだろうか。まだ何を始めるか分からない。香蓮は声が出せず、体を固くして何もなかったように足を布団の中に引っ込めた。

作者は一九四二年、天津生まれの馮驥才。古典絵画の模写などの仕事を経て、長編小説『義和拳』（共著）で、一九七七年に作家としてデビューする。

『三寸金蓮』は『怪世奇談』（天津・百花文藝出版社、一九八六年）の中の一編だ。弁髪を題材にした

『神鞭』と道教の陰陽師を題材にした『陰陽八卦』が一緒になっている。

『古代情詩類析』

先秦の『詩経』から始まり、漢、魏、晋、南北朝、唐、宋、元、明、清、各時代の情詩が全部で三二五首集められている。それぞれの詩には、その由来、作者の経歴、語彙の解説をつけ、さらに内容を詳しく紹介している。

編著者は徐儒宗と黄雲生。人物紹介は付いていない。生没年未詳。『古代情詩類析』は広西人民出版社から、一九八七年に刊行されている。

一九八六年、春に杭州で編著者が共同で書いた前書き「浅談古代情詩」は三つの章、歴代情詩概貌、古代情詩的主題、古代情詩的表現手法和芸術風格に分けられ、情詩がわかりやすく解説してある。

情詩は、一　恋情類、二　歓情類、三　離情類、四　怨情類、五　哀情類に分類し、さらに一は思求・縁会・盟好、二は綢繆・和鳴・共済、三は惜別・懐遠・寄贈・喜帰、四は間阻・失恋・閨怨・遺棄、五は殉身・感旧・悼亡に分け、古い詩から順に選んで並べてある。

「浅談古代情詩」の冒頭で、編著者はこう述べている。

我們所説的古代情詩、是指従遠古到清末為止的抒写愛情的詩。在内容上、包括了婚前的思恋之情、婚後的歓愛之情、情人間的離別之情、愛情受到挫折時的怨恨之情、乃至対已故愛人或恋人的哀悼之情等等、而把一切不是従愛情出発的宣揚封建倫理和描写庸俗色情的作品排除在外。在体式上、有古体詩、格律詩、騒体詩和楽府詩、但不包括特殊的詩体——詞和曲、以及明清時代的山歌。

ここで古代情詩といっているのは、大昔から清末までの愛情を謳った詩を指している。内容の点では、結婚前の恋慕の情、結婚後の熱い愛情、恋人との別離の情、愛情がこじれたときの恨み、さらに亡くなった伴侶、あるいは恋人に対する哀悼の情などが含まれている。そして、愛情をよりどころにせず封建倫理を宣揚する作品や、下品な色情を描いている作品はすべて排除している。詩型の点では、古体詩、律詩、離騒詩、それと楽府《がふ》が含まれている。ただし、特殊な詩型、詞と曲、および明・清時代の山歌は省いた。

恋情類の思求の項——『詩経』の采葛（葛《くず》を采《と》る）。

彼采葛兮①。
一日不見、如三月兮！
彼采蕭兮②。
一日不見、如三秋兮③！
彼采艾兮④。
一日不見、如三歳兮！

采葛は国風の中の王風に出ている。東周時代の東都、洛邑の周辺、千里四方にあった王の直轄地の詩歌だからだ。

①彼は她。葛、蔓のある植物の一種。繊維で布を織る。②蕭《かわらよもぎ》、植物の名。菊科よもぎ類。いい香りがする。昔は神に供えた。③三秋、ふつう一秋は一年のことだ。その後、三秋で秋季三月を指すようになる。ここの三秋は三月より長く、三年より短くないとおかしい。意味は三季（九ヵ月）と同じだ。④艾《よもぎ》、菊科の植物。乾燥してもぐさにする。

彼女は葛を采っている
一日会わないと三月もたったようだ
彼女は蕭を采っている
一日会わないと三秋もたったようだ
彼女は艾を采っている
一日会わないと三年もたったようだ

これは恋慕の詩だ。植物を采っている一人の女に対する男の熱い思いを描いている。二句が一体になり、歌唱は反復して思いはますます深まっていく。葛、蕭、艾を采っている女は三人ではなく、一人の娘だ。季節が違うので、采る植物が異なっているのだ。

南朝の楽府、子夜歌《しゃか》も恋情類の思求項に入っている。

夜長不得眠、明月何灼灼①！
想聞歓声、虚応空中諾②。

楽府は前漢、武帝（在位前一四一―前八七）の時代に置かれた音楽をつかさどる役所の名。魏・晋・南北朝の時代もそのまま受け継がれた。楽府で集められた民謡と詩歌も楽府と呼ばれている。現在残っている楽府は、宋代、郭茂倩が編纂した『楽府詩集』にまとめられていたのだ。

子夜歌は楽府の「呉声歌曲（呉歌）」に出ている。南朝の時代、長江下流の地方で流行した民謡だ。晋代の子夜と呼ばれた女子の名で始まる恋歌である。この子夜歌は『楽府詩集』に収められている四二首のうちの第三三番目の一首だ。
①灼灼、月がこうこうと輝いているさま。
②想聞、聞こえたような気がする。歓、恋人。虚応、呼んでいる人がいないのに返事をする。諾、返事の声。

夜は長くて眠れない！
月がいやにこうこうと輝いている
恋人が呼んだような気がして
誰もいないのにはいと返事をした

この詩は女の思慕の情を描いている。夜は長くてなかなか眠れない。こうこうと輝いている月を見て、なかなか眠れない。明るく輝いている月を見て、恋人のことを思い出していると、ふと呼んでいるような声がした。彼女は思わず
「はい」

と返事をした。しかし、なんの気配もなく、しんと静まりかえっている。

前半の二句は、なかなか寝つかれず、月を見て恋人のことを思っている情景が簡潔に描かれている。

後半の二句は、思いつめた感情をいきいきと巧みにとらえている。

『明清情歌八百首』

明、馮夢龍『山歌』『挂枝児』、浮白主人『夾竹桃』を主体にし、その他、明、笑笑生『金瓶梅』、清、王廷紹『霓裳続譜』、華広生『白雪遺音』などから、情歌（艶っぽい民謡）を八百首選び、八つのジャンルに分類している。編著者は何鋭と范勇だ。経歴は紹介されていない。一九八八年、巴蜀書社（成都）から出版されている。

後記（末尾に「何鋭、范勇、一九八八年春節于錦江側畔」と記入）に、こう書かれている――人にはさまざまな欲情がある。だからこそ、それをあからさまに民謡にしているのだ。民謡は情と欲の歌で、大半は情歌だ。情と愛ほど複雑なものはない。この力によって人は突き動かされ、目くるめく精彩を放つ。艶っぽい情歌が代々受け継がれ歌われているのはこのためだ。

情歌の八つのジャンルは、一閨思、二情挑、三詠物、四性愛、五恋楽、六妓怨、七恩念、八痴迷だ。それでは情挑（そそのかす）と性愛の情歌を見てみよう。

情挑

偷（ものにする）

東南風起響愁愁、郎道十六七歳個嬌娘那亨偸。百沸滾湯下弗得手、散線無針難入頭。姐児聴得説道弗要愁、趁我後生正好偸。那了弗捉滾湯浸杓水、拈線穿針便入頭。『山歌』

東南の風がやるせない音をたてている。男はつぶやいた。一六、七のかわいい娘には手がだせない。煮えたぎるスープに手は入れられないし、ほつれた糸は針がないと通すのは無理だ。それを娘が耳にして言った。何もしょげることはないでしょう。わたしは若いから、ものにするにはもってこいよ。煮えたつスープは柄杓《ひしゃく》でくめるし、糸を撚《よ》ったら針に通るわ。

本事低（下手くそ）

結識私情本事低、一場高興無多時、姐道我郎呀、你好像個打弗個宅基未好住、惹得小阿奴奴満身癩疥癢離離。『山歌』

浮気をした男は下手くそで、すぐに終わってしまった。ねえ、あんたは土台がしっかりしていない家みたい。おかげで体じゅうにかさができたようで、むずむずしてたまらない。

性愛

同眠（いっしょに寝る）

昨夜同郎一処眠、喫渠掀開錦被捉我脚朝天。小阿奴奴做子深水裏螞蝗只捉腰来扭、情哥郎好似辺江船擱浅只捉後艄搧。『山歌』

ゆうべあの人といっしょに寝たら、きれいな布団をめくり、脚をつかんでまっすぐ上にあげられた。わたしは川底の蛭《ひる》みたいに腰をくねらせ、あの人は河辺におかれた船の艫《とも》を担ぐようなかっこをしている。

才了蚕桑（技が巧み）

瓜甜藕嫩是炎天、小姐情郎趁少年、紗橱鴛枕、双双並眠、顛鸞倒鳳、千般万般。小阿姐道我搭情郎一夜做子十七八様風流陣、好像才了蚕桑又挿田。『夾竹桃』

　瓜は甘く、蓮根は柔らかくなる炎天下。娘と恋人は若さにまかせ、蠅帳の中に鴛鴦の枕を並べてぴったり寄り添い、あの手この手で上になったり、下になったりしている。ねえ、あんた、蚕にやる桑の葉を摘んだり、田植えをしたりするときのような格好をして、上手にしてちょうだい。

〈蠅帳〉蠅がこないように寝床をおおう帳。

二八佳人（一六歳のいい女）

二八佳人体似酥、腰間仗剣斬愚夫；雖然不見人頭落、暗裏教君骨髄枯。『金瓶梅』七九回

　一六歳のいい女、体はとろけるように柔らかくても、股間の剣で愚かな夫を斬る。頭が落ちることはなくても、いつの間にか骨髄が枯れてしまう。

詐睏（寝たふり）

朦朧睏覚我郎来、假做翻身仰転来。郎做子急水裏螞蝗只捉腰来倒下去、姐做子船底下氷排畳起来。『山歌』

うとうとしていたら、あの人がやってきた。寝返りをうつふりをして、あおむけになる。あの人は早瀬にいる蛭《ひる》みたいにくっついて腰を押さえ、のりかかってくる。わたしは船底の氷みたいにぴったりくっつく。

立秋（秋になる）

熱天過子不覚咦立秋、姐児個紅羅帳裏做風流。一双白腿扛来郎肩上、就像横塘人掮藕上蘇州。『山歌』

夏が過ぎていつの間にか秋になり、娘が赤い羅の帳の中で男とからまっている。白い両脚は男の肩に担ぎあげられ、男は蓮根を担いで蘇州へ売りにくる横塘人のようだ。

〈横塘〉蘇州西南の大きな町。

後庭心（裏庭で）

姐児生来身小眼即伶。喫郎推倒在後庭心、硬郎不過、只得順情。被人看見、壊奴好名。姐道郎呀、我好像黄砂石上磨刀只要快、你生蘿葡到口豁声能。『山歌』

娘は小柄で抜け目がない。男に裏庭のまん中で押し倒された。激しいので、されるままになっているよりしかたがない。人に見られたら、名前にきずがつく。ねえ、あんた、砥石で刀を研ぐようにしてあげるから、口に入れた大根をぽきっと折るように、早くいってちょうだい。

〈後庭〉臀。バックスタイルの掛け詞。

なお、山歌については、大木康著『馮夢龍「山歌」の研究』（勁草書房、二〇〇三年）がある。

『女十人談』

「女十人談」は編者、向娅が直接主人公の女性と対談し、テープにとった打ち明け話をまとめたレポートだ。登場者は妻が四人、恋人をつくる女が三人、寡婦が二人、年増の処女が三人、合計一二人。題と異なり、二人多い。打ち明け話なので、名前は伏せてある。しかし、最後に主人公の略歴が添えられている。

☆妻の話

一　夫に愛人がいた。分かった当初は波風が立った。しかし、今はうまくいっている。男一人に女二人のケース。

二　文学界で夫の知名度がだんだん高まる。妻は心配で、他の女をみな仮想の敵だとみなすようになり、常に夫に目を光らせている。夫を独占しないとすまない女。

三　離婚後、四歳年下の男と再婚する。彼女は夫に言った。「おめでとう。一緒になれてよかった。

でも、私たちは独立した二つの星だから自由が大切。お互いに束縛しないでおきましょうね。」男に弱みを見せない女。

四　夫は怖い顔をして大声を出し、殴ったり蹴ったりする。それでも妻は堪え忍び、声も出さない。夫の前で自我を失っている妻のケース。

☆恋人をつくる女の話

一　夫との平凡な愛になにか欠けたところがあるようでもの足りなく、他に恋人をつくる妻、一人の女と二人の男。

二　妻のある男を好きになり、第三者として夫婦の間に介入する。妻に取って代わろうとする女。

三　子どもの頃、不幸で寂しさに耐えられなかった。顔もきれいではない。自分に欠けているものを手に入れようとして、美男子に盛んにアタックする。力を試して、夢を実現しようとする女。

☆寡婦の話

一　献身的な愛を夫に裏切られ、すべてをなくし、もう二度と男を愛さなくなる。愛と性から離れ、男に刃向かう女。

二　最愛の夫を車の事故で失い、しかたなく再婚する。しかし、うまくいかず、新しい夫とは夜も一緒に寝る気がしなくなってしまう。二度目の夫を好きになれないケース。

☆年増の処女の話

一　肉体関係はなかったのだが、一人の男が忘れられず、いつまでも結婚しない。愛と性を切り離せない女。

二　子どもはほしいのだが、結婚はしたくない。夫はいらない女。
三　事業はやり手だが、男との関係はうまくいかない。処女だとほのめかし、認めてくれないと気がすまない女。

女十人談・老処女——我在性問題上非常厳粛、雖然搞医学研究対性生理接触多、但三十六年来我従未和異性有過肉体接触。象我這様保持処女身的同伴還有、但却有相当多姑娘早已不是処女。這没什麼可怕、可驚的、没有理由要求一個三四十歳的女人仍然必須是処女。我反対把性愛問題人為地神秘化、庸俗化、更不該採取虚無主義的態度。虚無者無知、無知者虚無。当今是科学爆炸信息爆炸的八十年代、回避性愛問題是愚昧的表現。

年増の処女——私は性の問題には厳格です。性生理の医学研究にいろいろかかわってきたけれど、三六年間まだ異性と肉体関係はありません。私のように処女のままでいる同僚は他にもいますが、大半の娘はとっくに処女ではない。これはなにも心配したり、驚いたりすることではない。三、四〇歳の女性に、処女でなければならないと要求する理由はないからです。私は性愛の問題を神秘化したり、卑俗化したりするのには反対です。まして虚無主義的な態度はとるべきではありません。虚無な者は無知、無知な者は虚無です。今は科学と情報が爆発したように盛んな一九八〇年代。性愛の問題を回避するのは愚昧な行為です。

〈報告者の略歴〉東北人民公社の生産隊で二年、看護婦をする。現在は某医学研究機関に勤務。年齢は三六。

「性愛問題紀実文学集」という副題が付いている。性の体験レポートだ。なお「女十人談」という題名は、レポートの中の一編の題をそのまま使ったものだ。

編者は文勃。一九八八年、北京の中国社会科学出版社から発行されている。

目録を見てみよう。

一　女十人談　向娅——流動于当代女性世界的愛観念
二　性〝開放〟女子　戴晴　洛恪
三　性愛大変奏　万瑞雄——関于中国同性恋問題
四　夕陽下的騒動　尋堅——老年人性問題採訪散記
五　非正常人工流産報告　李送今
六　沈淪女　龐瑞垠——七個変形女性及其它
七　女犯紀実　寧河
八　性病在中国　康健
九　〝STD〟警報　劉朱嬰
十　禁果效応　劉心武
十一　缺乏社会価値的病態報告　中侖
十二　〝性〟在文学中的一次変位　生民
十三　評《当代中国女性》系列　何志雲——兼談紀実文学的新聞価値

都会の女性の性愛観念の変化。農村の若者の性に対する無知。老人の性の悩み。女性の性犯罪。沿海地域の都市で盛んな売春と性病の流行などが主なテーマになっている。
　なお「十　禁果效応」以下は体験レポートではなく、性と関係のある社会時評だ。性観念の変化にともなって生じているさまざまな社会問題に焦点を合わせ、無謀な行動に走らないよう警告を発しているのだ。

『閨情集』

　中国古典詩詞類編という副題が付いている。閨情（女の情）をテーマにした詩を集めた書だ。編集者は孫方（筆名、愛萍学士）。経歴は記されていない。一九九二年、河南人民出版社（鄭州市）から発行されている。

　　柏舟
汎彼柏舟(1)、在彼中河(2)。
髧彼両髦(3)、実維我儀(4)。
之死矢靡它(5)。
母也天只(6)！　不諒人只(7)！

汎彼柏舟、在彼河側。
髧彼両髦、実維我特(8)。
之死矢靡慝(9)。
母也天只！　不諒人只！

（1）汎、即泛、漂浮、此指劃船。柏舟、柏木船。（2）中河、即河中。（3）髧、頭髪下垂貌。両髦、把頭髪中分、向両辺梳成双髻、是男子未成年時頭髪的様式。（4）維、即為。儀、配偶。以上四句是説、那在河中泛舟、梳着両髦的人纔是我的配偶。（5）之死、到死。矢、立誓。靡它、無它、即無二志。靡、無、没有。這句是説、直到死我也不存二心。（6）只、語尾助詞、帯有感嘆語気。此句可訳作〝我的娘啊我的天啊！〟。（7）諒、体諒。這句是説、人家的心思你就看不見啊！（8）特、配偶。（9）慝、邪悪、悪念、引伸為変心。此句是説、直到死我也不改変初衷。

柏《かしわ》の小舟
漂っている柏の小舟は
川の真ん中に浮かんでいる
髪を二つに分けて垂らしているのが
必ず一緒になると約束してくれた人
死ぬまで心変わりしないと誓ったのに
お母さん、神様！

あなたは人の気持が分からないの！

漂っている柏の小舟は
川の縁に浮かんでいる
髪を二つに分けて垂らしているのが
必ず一緒になると約束してくれた人
死ぬまで気持は変えないと誓ったのに
お母さん、神様！
あなたは人の気持が分からないの！

思婦（上）に、湯恵休の「秋思引」が出ている。引というのは、楽府形式の詩の一種だ。湯恵休はこう紹介されている——字は茂遠。南朝、宋の詩人。僧だったが、宋、孝武帝の命により、還俗して役人になり、揚州の刺史になった。新体詩を作って有名になり、同時代の詩人、鮑照と並び称され、休鮑と呼ばれた。

秋思引

秋寒依依風過河(1)、
白露蕭蕭洞庭波(2)。

思君末光光已滅(3)、
眇眇非望如思何(4)？

（1）依依、形容寒気侵人。（2）蕭蕭、形容夜間露水濃重。洞庭、洞庭湖、在今湖南省北部。（3）君、指所思念的対象。末光、蛍燭微光。（4）眇眇、遠視的様子。如思何、拿這相思怎麼辦呢！

秋の思い

秋はしんしんと寒く風が河を吹き渡り
夜露が一面に白く光り洞庭湖は波立つ
あなたのことを思っているうちに蛍の
光も消えてしまい
悲しみに耐えかねはるか彼方を望んでもなすすべはない

此詩写思婦独居的非怨、情詞凄楚哀婉。尤其是畳字的運用、把不尽的憂思娓娓道出、如怨如訴、感人至深。胡応麟《詩藪》評此詩説：〝梁以前近七言絶体、僅此一篇、而未成就〟。

この詩は遠く離れた夫を慕う婦人の、一人で住んでいる悲しみと恨みを描いている。心情を表す言句は悲しみにあふれ、痛ましい。特に同じ字を重ね活用することにより、堪えきれない憂愁の思いをめんめんと伝え、恨み訴えているようで、深い感動を与える。胡応麟は『詩藪《しそう》』でこの詩を評して梁以前、七言絶句に近い詩は僅かこの一編だけで、まだ完成していなかったといっている。

〈胡応麟〉明の文学者（一五五一―一六〇二）。浙江省蘭渓の人。蔵書家としても有名〈七言絶体（句）〉

一句が七字で、四句からなる定型詩。一、二、四句の句末押韻など制約のある漢詩の一形式。唐代に完成。

最古の『詩経』から、清の時代までの詩を二七〇余首集め、出典と作者の紹介、語句の解説が詳細に施してある。作者は湯恵休（南朝・宋）、李白（唐）、秋瑾（清）など、一六〇余人だ。内容に基づき、一生活、二少女（上下）、三思婦（上中下）、四征婦（上下）、五商婦、六宮女（上下）の六章に分類し、作品は年代順に並べられている。

〈思婦〉遠く離れた夫を慕う婦人〈征婦〉夫が出征している婦人〈商婦〉夫が商用で家を空けている婦人〈宮女〉宮仕えの女。

少女（上）に『詩経』鄘風《ようふう》に入っている「柏舟」（先秦）が出ている。心変わりをした恋人のことをよんだ詩だ。『詩経』は、こう紹介されている——我が国の最古の詩歌総集で、儒家の六芸《りくげい》の一つにもなっている。孔子が編集したと伝えられ、最初は『詩』と呼ばれていた。その後『詩経』といわれるようになる。三〇五篇の詩が残っているので「詩三百」という。内容により風・雅・頌の三種類に大別され、大半は周初から春秋中期まで五〇〇年余りの間の作品だ。我が国のその後の文芸作品に大きな影響を与えている。

〈六芸〉儒家の六種の経典。礼記、楽記（或は周礼）、書経、易経、春秋、詩経。

『艶　曲』

艶っぽい散曲《さんきょく》を選んで編集した書。散曲は戯曲のようには台詞を入れず、笙・笛・鼓などの伴奏で歌う曲だ。散曲には組曲になっていない短い小令《しょうれい》（小唄）と、同じ宮調（音階）の曲をいくつか組み合わせた套数《とうすう》の二種類がある。

艶曲をさまざまな情に基づいて分類し、上編には小令、下編には套数が収められている。内容はこうだ。

上編――縁情、艶情。
下編――嬌情、恋情、幽情、春情、別情、思情、夢情、盼情、閨情、怨情、閑情、妓情、悟情。

艶情（上編）

　思情

到春来花柳芬芳、聴園林杜宇声狂。王孫仕女堪遊賞、怎不教心労意攘。盼才郎甚日還郷？
到夏来炎日偏長、見鴛鴦交頸在池塘。涼亭水閣無心賞、有浮瓜沈李懶嘗。盼才郎甚日還郷？
到秋来処暑生涼、聴人家砧杵声忙。牛郎織女成歓賞、撇奴家孤眠繡房。盼才郎甚日還郷？
到冬来万物皆蔵、惟松竹梅蕊生香。紛紛雪下如銀様、怎禁他天寒夜長。盼才郎甚日還郷？

思慕の情

春になると花と柳の香りが漂い、庭の樹でほととぎすがしきりに鳴いている。貴族の若い男女は遊びほうけていても、どうして思い悩み心を乱さないのだろう。あの人はいつ古里へ戻ってくるのかしら？

夏になると熱い太陽はなかなか沈まず、見ると池で鴛鴦《おしどり》がむつみ合っている。納涼亭と水辺の楼閣も気晴らしにならず、浮いている瓜《うり》も沈んでいる李《すもも》もあまり食べる気がしない。あの人はいつ古里へ戻ってくるのかしら？

秋になり処暑がくると砧杵《きぬた》の音が盛んにしている。牽牛と織女は喜び楽しんでいるのに、私は自分の部屋で独りぼっちで寝ている。あの人はいつ古里へ戻ってくるのかしら？

冬になると万物はみな冬眠状態で、ただ松竹梅の蕊《ずい》だけが息づいている。さらさらと雪が銀のように降っているのに、どうやって寒さと夜長を耐えているのだろう。あの人はいつ古里へ戻ってくるのかしら？

嬌情（下編）

艶麗

［天浄沙］劣冤家百媚千嬌、有丹青難画難描。剔透玲瓏俊俏、羞花容貌、引的人攘攘労労。笑談問語話清高、嘲吟処言語風騒。不比閑花野草、謳歌絶妙。一団児玉軟香嬌。嬌滴滴体態妖嬈、細茵茵楊柳纖腰。美甘甘胡伶六老、天然美妙。小小口似桜桃。玉容嬌傾国傾城、柳腰纖宜坐宜行。

豊韵天生可憎、有些薄幸、多情恰似無情。

〈天浄沙〉曲牌（メロディーの名）

あでやかで美しい

憎いあの女は色っぽく、絵に描き表すことはできない。透きとおるような肌の絶世の美女で、花も恥じらう顔は人をとりこにしてしまう。笑い語る言葉は澄んで高く、ふざけると艶っぽい。なじみの芸者とは比較にならないほど歌は上手だ。体はなまめかしく弱々しい。色気がしたたるようであだっぽく、細い柳腰。胡の女優、六老のように美しいのは天生の賜物で、小さな口は桜桃のよう。顔は傾国傾城の美女で、柳腰は座っていても歩いていても魅力的だ。天が優美な姿態を与えたのは憎らしく、薄情な感じがするのは情けがありすぎるから、反対に無いように思われるのだ。

〈傾国傾城〉色香で君主を迷わせ、国を滅ぼすほどの美女。

閨情（下編）

女怨

［斗鵪鶉］薄幸多応、今宵酔也。謝館秦楼、偎香倚雪。不信伊家不耳熱。俺好痴、俺好呆、怎今生縁慳運拙。［賺煞尾］則聴的南楼上禁鼓敲三歇、擁被和衾強睡些。業眼朦朧暫交睫、唱道是欲睡還惊、驀聞的門児外簾児揭。俺喚則、他来到、出門接。原来是風度竹筠篩翠葉。

〈斗鵪鶉・賺煞尾〉曲牌。

女の恨み

なんて薄情なのかしら、今日も酔っている。妓楼に入り浸り、きれいな女に寄り添っているのだ。あの人の耳はきっと酒で赤くほてっている。私はなんてばかで、まぬけ、どうしてこの世では縁がなく、ついていないのかしら。南楼の太鼓が夜中を告げているのに堪え、布団を抱いてなんとか寝ようとした。ちょっとうとうとっとしたら、足音がしたようではっと目が覚め、門の簾をまくり上げる音がした。はいと答える。あの人が帰ってきた、迎えに出よう。なんと風で竹の葉が揺れたのだ。

『艶曲』は一九九三年、遼寧省瀋陽の春風文芸出版社から刊行されている。選編者は林辰。経歴は紹介されていない。生没年未詳。

林辰は序言でこういっている。

本書の艶曲、小令六〇八首、套数二六八篇は、すべて元・明の散曲から集録したものだ。艶曲は艶情曲の略称で、昔は香艶之曲、艶麗之曲、今は男女の情愛を表す曲子詞といわれている。情詩、麗詞、艶曲は、かつて中国の文壇では禁じられた分野で、元・明・清三代にわたる歴代皇帝は淫詞艶曲を厳禁にはしなかたものの、常に目を光らせていた。男女の恋慕の情、夫婦の相愛の情はいうにおよばず、さまざまな情はみな人の情で、活力と生命力の源になっている。だから艶曲は歴代の読者を感動させ、どんな時代にも厳禁されなかったのだ。

『中国艶書博覧』

著者は前書きの冒頭でこう言っている――艶情小説は中国の俗文学、或は純文学の中で、欠かすことができない重要な部分を占めている。しかし、性に対する羞恥で、この分野の研究は極めて少ない。艶情小説は伝統的な文学価値観にとらわれ、文学として研究する価値のない、ごみか阿片のように見做されていたのだ。文学の芸術性の観点からすれば、艶情小説には、古典の立派な文学作品に劣らないものがたくさんある。そしてまた性文化の観点からすれば、文化学と社会学的価値が多く含まれている。知っていても読まず、語らず、更には禁じてしまうのは偏っている。

前言（前書き）より――編入本書的共計五二種書。大体上分了五類。一類是《金瓶梅》系列。包括《金瓶梅》及其読書。第二類是内容淫穢部分占主要地位的即所謂〝全艶型〟的五六種小説。即《肉蒲団》等。這幾種書在清初即曾遭到厳厲査焚。流伝較少。第三種即是淫穢情節祇占小説的部分情節。即所謂〝半艶型〟的小説。如《歓喜冤家》等。第四種是一両本男風小説。如《弁而釵》等。第五類是書中祇有一小部分艶情的描写。如《檮杌閑評》等等。在編目上、只是作了大体的帰類。無法做詳細的劃分。――毎種書内部安排了五個内容、即〝故事梗概〟、祇介紹本書的主体情節、使読者了解本書的主要故事内容和梗概；〝作者与版本〟介紹的是本書的作者身世生平、和本書刊印情況。由于有些小説的資料缺乏、対作者和版本所見甚少、祇好参照目前所見的一些資料写了進去、稍嫌疏陋；〝内容評析〟是対内容的分析、以及書中淫穢部分的説明；〝流伝与影響〟写的是毎種小説在世上的刊刻伝播情況、重点放在被禁毀這一点上、使読者知其源流演変。

この本には五二種類の艶書が集めてある。大別すると五種類になる。一つ目は続編を含めた『金瓶梅』の系列。二つ目は、猥褻な部分が主体になっている『肉蒲団』など「全艶型」の小説が五、六冊。この種の本は、清初、読むのを禁じて焚書にされたから、少ししか残っていない。三つ目は、猥褻な話が所々に出てくる『歓喜冤家』など「半艶型」の小説。四つ目は『弁而釵』など男色小説が一、二冊。五つ目は、『檮杌閑評』など、少しだけ艶情描写がある小説。以上、編集の都合上大まかな分類しかできず、細かく分類するのは無理だった——どの本も五つの項目に基づいて解説した。「故事梗概」では読者がどんな本かあらましをつかめるよう、話の筋を紹介した。「作者与版本」では、作者がどんな人物で、出版の情況はどうだったかを紹介した。いくつかの小説については、作者と版本の資料が乏しく、一部の資料を参考にしてまとめるより方法がなかったから、雑になっている点があるのは否めない。「内容評析」では内容を分析し、猥褻な所に説明を加えた。「流伝与影響」では、発禁になった所に重点をおき、どのようにして世間にひろがっていったのか、その変遷が分かるよう努めた。

明、清代の艶情小説を五二種類集め、「故事梗概」「作者与版本」「内容評析」「流伝与影響」そして「回目（各回の標題）」の順で解説してある。最後に、取り上げることが出来なかった艶情小説を附録として甲、乙に分類、甲には記録され、有ることは分かっていても、実物を見たことのない本、『玉嬌麗』『玉楼春』『宮花報』など三三種類、乙には書名だけ分かって有無がはっきりしない本、『七美図』『碧玉塔』『碧玉獅』など五七種類が記されている。

著者は周奇文、劉琦、郭長海。一九九四年、長春市、吉林文芸出版社から刊行され、発行元は吉林省新華書店になっている。著者の経歴は出ていない。生没年未詳。

前言の次に目録があり、本の題名が記されている——金瓶梅、続金瓶梅・附隔簾花影・附金屋夢、三続金瓶梅、肉蒲団、灯草和尚、如意君伝、濃情快史、繡榻野史、怡情陣、痴婆子伝、浪史奇観、昭陽趣史、隋煬艶史、妖狐媚史、巫山艶史、杏花天、春灯謎史、桃花艶史、風流和尚、僧尼孽海、空空幻、両肉縁、燈火縁、歓喜縁、酔春風、桃花影、鴛鴦影、繡屏縁、鬧花叢、花神三妙伝、載花船、一片情、歓喜冤家、弁而釵、宜春香質、禅真逸史、禅真後史、野叟曝言、緑野仙踪、蜃楼志、蟫史、檮杌閑評、繡戈袍全伝、劉生覓蓮記、奇縁記、鍾情麗集、風流語、十二笑。附録甲、附録乙。

附録甲より——《素娥篇》不分回、明万暦刻本、書蔵美国。作者署鄴華生、見書首《序》。故事本唐袁郊《甘沢謡》、演武三思与寵姫素娥事。図与文合為一版。図有四十三幅、毎幅一勢、演房中秘事。以四字為名、有文字解説、後附詩詞。縦情恣意、猥褻特甚。該書原存国内、王際真所蔵、後流入美国、為印第安那大学金賽研究所所蔵。国内並無著録。此据馬幼垣先生《中国小説史集稿》著録。

『素娥篇』は章に分けられていない。万暦の刻本がアメリカに保存されている。冒頭の序に、作者、鄴華生の名が記されている。唐、袁郊『甘沢謡』の武三思と寵姫、素娥の物語を更に詳しくしてまとめたものだ。房中秘事の様子を描いた挿絵が四三枚、本文の中に入っている。絵の題名は四文字で解説が付き、その後に詩詞がある。奔放で、実に淫らな絵だ。この本は、元は中国にあり、王際真が所有していた。その後、アメリカに渡り、現在はインディアナ大学、金賽《キンゼイ》研究所に保管されている。中国には、この本について記載された記録がない。以上、馬幼垣氏『中国小説史集稿』による。

〈金賽〉A. C. Kinsey（一八九四—一九五六）インディアナ大学教授。全米の男女を対象に行なった性行動に関する調査、キンゼイ報告は有名。

おわりに

平成二九年五月、大阪、北野高校、六七期生（昭和三十年卒業）の同窓会がウェスティン・ホテルで開催された。

久し振りに加地さん（大阪大学名誉教授）と再会、私が長い間、東方書店の月刊広報誌『東方』に連載している「中国の性愛文献」の話になった。

本になる予定はあるのかと尋ねられたので、ないと答えると、どこか書店を紹介しようということになる。そして五月末に大阪へ来られた研文出版の山本社長を紹介してもらった。

私は本が好きで衝動買いをしてしまう。古本も同じで、艶本が好きだったから、目についたものはかならず買っていた。いつの間にかたくさんたまり、どうしようかと思案に暮れていたとき、東方書店の神崎さん（後に社長）から月刊広報誌『東方』での連載の話をいただいた。明代以降でという要望だったが、頼んで古代からということにしてもらった。

そして、いつの間にか二十年の歳月が流れ、二百回以上も続いて現代に入り、中華人民共和国時代の作品を紹介するようになっていた。山本さんと話をしているうちに、この中から面白いものを五十冊ほど選び、本にしていただけることになった。

神崎社長はすでにお亡くなりになり、編集長は川崎さんに替わっていた。川崎編集長にこれまでの経緯を説明し、了承していただいた。

不思議なもので、衝動買いをしていなかったら、この本は生まれなかったろう。また東京で井芹《いせり》先生から学んだ中国語を、大阪に転勤になってからも本業の映画・テレビ番組制作の合間にこつこつ続けていなかったら、本の紹介はできなかったろう。

井芹貞夫氏、加地伸行氏、神崎勇夫氏、川崎道雄氏、そして山本實氏とのご縁がなかったら、この本は生まれていなかった。厚く感謝したい。

平成三十年　初夏

土屋　英明

土屋英明（つちや　えいめい）

1935年兵庫県西宮《にしのみや》で生まれる。

本名、蓑和田 明。

早稲田大学文学部卒。井芹中国語講習会で学ぶ。62歳で映像制作会社を退社後、文筆の仕事を始める。中国の文化と文学を研究。

著訳書『中国文化とエロス』訳（東方書店）、『中国艶本大全』（文春新書）、『中国艶妖譚』、『秘本一片の情・艶上夜話』訳、『金瓶梅』上・下編訳、『続金瓶梅』編訳（以上徳間文庫）など。

中国艶書大全

2018年9月3日初版第1刷印刷
2018年9月20日初版第1刷発行

定価［本体2400円＋税］

著　者　土屋英明
発行者　山本實
発行所　研文出版（山本書店出版部）
東京都千代田区神田神保町2-7
〒101-0051　TEL 03-3261-9337
FAX 03-3261-6276
印刷・製本　モリモト印刷
カバー印刷　ライトラボ

ISBN978-4-87636-438-1